Wer aufgibt, ohne begonnen zu haben, der
hat bereits verloren.

www.simonsprock.com

SIMON SPROCK

***

AGENT PFEIFFER UND DIE KLASSENFEINDE

Ein spannender Polit-Thriller

www.tredition.de

© 2020 Simon Sprock

2. überarbeitete Auflage
In der ersten Auflage veröffentlicht als Teil aus: „Agent Pfeiffer: Rote Fahnen im Wind"

Umschlagbild: © terovesalainen (Adobe Stock)

Unterstützung in der Vermarktung:
Sprock Ventures UG (haftungsbeschränkt)

Verlag & Druck: tredition GmbH, Halenreie 40-44, 22359 Hamburg

ISBN
Paperback: 978-3-347-01343-8
Hardcover: 978-3-347-01344-5
e-Book: 978-3-347-01345-2

Danke an den Menschen, der mich mehr als alle anderen motiviert und inspiriert, an jedem Tag aufzustehen und Neues zu schaffen!

Die Reihe „Rote Fahnen im Wind" soll dazu inspirieren, politische Ereignisse und Maßnahmen kritisch zu betrachten.

Inhaltsverzeichnis

Vorwort

Die Idee und Inspiration zu „Agent Pfeiffer: Rote Fahnen im Wind" kam mir während meines Kampfes gegen den Krebs im Krankenhaus („#Krebspatient").

Nach einer zwölfstündigen OP hatte ich auf der Intensivstation mit Magensonde und unter Einfluss von Morphinen haarsträubende Träume, aber auch verwirrende Erlebnisse im Halbschlaf. Einen Teil dieser Träume und Erlebnisse habe ich in diesem Buch zusammengefasst, aber zum besseren Verständnis auch umgeschrieben und um einige Details ergänzt.

„Agent Pfeiffer: Rote Fahnen im Wind" ist ein überaus spannender politischer Thriller und Krimi, der sich kritisch mit der Verbindung zwischen Extremismus in irgendeiner Form (links- oder rechtsgerichtet) und einer angeblich resultierenden Freiheit auseinandersetzt. Des Weiteren werden ebenfalls Gesellschaftskritische Aspekte mit betrachtet.

Im Grunde genommen spielen die Ereignisse in diesem Roman im Jahr 2022, also in der Zukunft und basieren auf Träumen und Fiktionen. Wenn ich mir aber die Ereignisse der gewaltreichen Proteste gegen den G20-Gipfel im Juli 2017 in Hamburg anschaue, bin ich doch erschrocken, wie nah an einer potenziellen Zukunft der Roman doch sein könnte. Großteile dieses Romans wurden vor den Protesten verfasst.

Aktuelle politische Entwicklungen und Bedrohungen auf der ganzen Welt motivieren mich dazu, dieses Buch neu aufzulegen. Außerdem schreibe ich parallel auch an Parallel- und Nachfolgeromanen.

In dem Sinne hoffe ich, dass du, der Leser, diesen spannenden Roman vollkommen genießen kannst. Wenn es (gerade zu Beginn) manchmal kompliziert geschrieben ist, so sollen die Emotionen und Gedankengänge nachvollzogen werden, die Menschen in kritischen Momenten empfinden können. Lasse es auf dich einwirken, aber lasse auch kritische Gedanken zur aktuellen politischen Lage zu, um die Geschehnisse in diesem Roman nicht wahrwerden zu lassen, um diesen Roman eine Fiktion sein zu lassen.

Das Erwachen

Auf einmal öffne ich meine Augen. Über mir sind Lichter, grelle Lichter, und Leute, Gesichter, Instrumente, Masken. Meine Augen schließen sich.

Mein Herz schlägt wie verrückt. Schweiß rollt meine Haut hinunter, aber ich bin zu schwach, irgendetwas real wahrzunehmen, irgendeinen Muskel an meinem Körper zu bewegen. Ich bin sogar zu schwach, meine Augen wieder zu öffnen. Irgendetwas wird in meine Nase geschoben, kurz bevor ich eine Spritze spüre. Ich verliere mein Bewusstsein, ich Träume.

Im nächsten Augenblick befinde ich mich in einer Bar. Neben mir sitzt eine Frau. Sie hält meine Hand. Ich kenne diese Frau aber nicht. Wer ist sie? Wo bin ich? Ich nehme hier keine Geräusche wahr, außer einem Piepen, wo auch immer das herkommt.

Plötzlich kommt ein Mann, ein großer Mann von der Seite auf mich zu. Ich höre Schritte, seine Schritte.

„Was machst du mit meiner Frau?" Fragt er laut brüllend, holt aus und schlägt mir mit voller Kraft auf meine Nase. Ich spüre aber nichts.

Auf einmal bin ich komplett woanders. Ich befinde mich urplötzlich in einer anderen, befremdlichen Situation, in einer anderen Welt. Ich bin mit Freunden an einem seltsamen Ort. Hier war ich noch nie. Am

Boden ist überall Beton. Rechts und links gibt es Gräben, dahinter nur schwarz. In der Mitte ist eine kleine Hütte. Der Himmel ist ebenfalls schwarz, keine Sonne, keine Sterne, kein Mond. Dennoch kann ich sehen, selbst ohne Lichtquelle. Was ist das?

Meine Freunde scheinen nervös zu sein.

„Schnell, wir müssen hier verschwinden," ruft Steffen aufgeregt.

„Ja, sie sind gleich hier," stimmt Jan ihm zu.

„Wieso, wer ist gleich hier? Was ist hier los?" Hake ich verwirrt nach.

Beide laufen los in Richtung der Hütte. Natürlich, wenn man sich hier verstecken muss, ist die Hütte der einzige Ort, aber auch der einzige Ort wo man suchen kann. Auch ich laufe zur Hütte, verschwinde in ihr.

Nichts ist in der Hütte, nur eine andere Tür am Ende. Diese müsste weder herausführen, rein logisch. Wo aber sind Steffen und Jan? Sind sie wieder draußen?

Ich gehe zu der Tür, öffne sie und vor mir steht ein Mann. Er holt aus und schlägt mir auf die Nase.

Ich stürze, falle, lande aber sanft. Plötzlich liege ich an einem Strand. Was ist das hier? Wie kann das sein? Träume ich? Ist alles nur ein Traum? Was ist real und was nicht?

Ich trage eine blaue Badehose und liege auf einem großen grauen Handtuch am Strand. Niemand sonst ist hier, nur ich. Bin ich hier endlich wieder wach? Wie bin ich hierhergekommen? Wieso bin ich alleine? Am Ende des Strandes beginnt ein dichter Wald. Wo bin ich?

Ich stehe auf und tummle herum. Keine Spur eines Hotels oder ähnlichem, keine Anzeichen von Zivilisation. Keine Spur von auch nur einem anderen Lebewesen. Selbst im Wald ist es ruhig. Keine Insekten, Affen oder ähnliche Tiere. Wie kann das sein?

Aus reiner Neugier betrete ich den Wald und kämpfe mich durch. Nach wenigen Metern stolpere ich über ein Seil am Boden. Ich kann mich gerade noch auf den Beinen halten, als ein dicker Stamm auf mich zu rast. Er schlägt auf meine Nase ein.

Ich meine, ernsthaft? Wieder meine Nase? Der Schlag bringt mich zu Boden. Ich spüre, wie meine Nase blutet. Es läuft geradezu aus ihr heraus. Zugleich scheine ich im Boden aus Blättern zu versinken. Gibt es Blätter mit Treibsand-Effekt?

Auf einmal liege ich wieder in der kleinen Hütte von vorhin, aber am Boden. Auch hier spüre ich, wie Blut aus meiner Nase herausläuft. Wo aber ist der Angreifer? Wo sind meine Freunde?

Plötzlich erscheint ein grelles Licht. Auch der Boden der Hütte verwandet sich in eine Art Treibsand. Ich versinke wieder im Boden.

Im nächsten Moment erkenne ich über mir Gesichter. Ich bin scheinbar zurück in der Bar. War ich weggetreten und bin jetzt wieder zurück in der Realität? Bin ich etwa betrunken?

Selbst hier an der Bar fließt Blut aus meiner Nase. An der Seite erkenne ich, wie zwei Türsteher den Schläger hinausbringen. Die Frau hockt über mir und wischt mit einem Taschentuch durch das Gesicht. Ich spüre, wie sie das Blut verwischt.

Die Frau kommt näher mit ihren Lippen. Lass dies bitte die Realität sein und mich aus dieser Situation nicht wieder aufwachen.

Voller Vorfreude auf den sich nähernden Kuss, streife ich vorsichtig über die Wangen und das weiche Haar der schönen Frau.

Kurz vor der Berührung unserer Lippen wird es leider schon wieder dunkel. Meine Umgebung fällt wie Treibsand auf mich herab. Auch ich falle, aber wohin? Ich erkenne nichts mehr um mich herum. Ich falle in einer Leere ohne Aussicht auf Aufprall oder Landung.

Langsam fängt es an, überall zu piepen. Piepstöne in verschiedenen Höhen und verschiedenen Kompositionen umgeben mich.

Ich scheine nicht aus meiner Nase zu bluten, aber dennoch ist da etwas. Irgendwas ist in meine Nase eingeführt worden. Was ist das? Wo bin ich?

Vorsichtig versuche ich, meine Augen zu öffnen. Im Augenwinkel erkenne ich eine Frau, die für mich typisch sozialistisch wirkt, wie aus alten DDR Filmen. Sie kommt näher. Die Mundwinkel sind unten. Lächeln scheint ein Fremdwort zu sein. Ihr Haar ist straff hinten am Kopf zusammengebunden. Ihre Nase verläuft spitz von den Seiten in die Mitte. Ihr Kittel ist perfekt angelegt, gebügelt und gestärkt. Am linken Arm trägt sie eine rote Binde. Auf der Brust ruht eine Art Emblem. Ich bin aber noch zu benommen, um mehr wahrzunehmen, mehr Details zu erkennen.

Schnell schließe ich meine Augen wieder. Ich hoffe, sie hat nicht wahrgenommen, dass ich meine Augen geöffnet hatte. Aus irgendeinem Grund habe ich das Gefühl, dass ich hier nicht freiwillig bin. Mein Herz schlägt immer schneller. Das spüre ich in meiner Brust- Zeitgleich höre ich es aber auch an einem der Pieptöne. Dieser Ton macht meinen Herzschlag zur Symphonie meines Lebens.

Warum bin ich bloß hier in einem Krankenhaus? Ich kann mich an kaum etwas erinnern. Wer bin ich und was ist passiert?

Ich höre, wie die Schwester scheinbar einige Knöpfe drückt. Eine der Ebenen des Piepens verstummt.

„Kamerad Müller," höre ich eine männliche Stimme im Hintergrund rufen, „ich brauche mal ihre Hilfe, schnell."

Hastige Schritte starten direkt neben mir und verlassen den Raum. Die Rufe scheinen von woanders her zu kommen. Die Schritte werden langsam leiser.

Die Schwester, Frau Kameradin Müller, scheint sich zu entfernen.

Kurze Zeit später öffne ich meine Augen wieder etwas. Ich sehe rechts einen Ständer mit Spritzen und anderen Utensilien stehen. Links von mir sind Geräte, piepende Geräte.

Ich hebe meinen Kopf ein wenig. In Richtung des Fußendes sehe ich eine Wand mit Fenstern. Hinter dem Fenster ist es hell, sehr hell. Silbern glänzende Gegenstände werden hin und wieder hochgehalten und überreicht. Gelegentlich glaube ich sogar, das Geräusch eines Bohrers oder gar einer Kreissäge zu hören. Dort wird anscheinend gerade jemand operiert, oder etwa geschlachtet? Die Schwester, welche gerad noch hier war, packt drüben jetzt mit an.

Der Operateur ist schwer zu erkennen. Sein Gesicht befindet sich im Schatten des grellen Lichts. Auch er trägt eine rote binde am rechten Arm. Bei ihm hat sie aber einen goldenen Streifen in der Mitte. Auch ein Emblem glaube ich, auf seiner Brust wahrzunehmen.

Was machen die da? Wo bin ich? Was ist mit mir passiert? Bin ich im Krankenhaus? Wieso bin ich im Krankenhaus, ist mir etwas passiert? Ich kann mich leider überhaupt nicht erinnern.

Aus Vorsorge schließe ich meine Augen wieder. Ich versuche einzelne Körperteile vorsichtig zu bewegen.

An den Armen und Beinen scheine ich ans Bett gefesselt zu sein. Wenn alles so regulär ist, warum bin ich im Krankenhaus gefesselt?

Ich versuche, meine Handfesseln vorsichtig zu lösen. Es klappt aber nicht. Auf einmal ertönt ein neuer Piepston direkt hinter mir. Ich höre reflexartig sofort auf, mich zu bewegen.

Schritte kommen wieder näher. Jemand drückt ein paar Knöpfe, aber das Piepen hört nicht auf.

Eine Person mit sanften Händen greift plötzlich meine linke Hand und zerrt an ihr. Sie löst die Fessel. Ich bemühe mich, keinen Gegendruck zu erzeugen. Sie zerrt weiter an etwas, dass in meinem Arm befestigt ist. Das fühlt sich unangenehm an, schmerzt ein wenig. Ich konzentriere mich, still zu halten.

„Scheiß Arterienzugang," schimpft dieselbe Stimme von vorher, Frau Kameradin Müller nehme ich an.

Hastige Schritte verlassen den Raum. Sofort löse ich mit meiner linken Hand auch die rechte Armfessel, setze mich hin und löse auch meine Fußfesseln. Jetzt aber schnell.

Auf einmal höre ich wieder Schritte näherkommen. Ich lege mich wieder hin und hoffe, dass die gelösten Fesseln nicht auffallen.

Während dieser kurzen Aktion habe ich bemerkt, dass ich neben meinen Fesseln auch einige andere Zugänge, einen Blasenkatheter, einen zentralen Venenkatheter und einen Schlauch im Hals loswerden muss. Wenn ich bloß wüsste, woher ich diese Begriffe überhaupt kenne. Außerdem habe ich mit Schwindelgefühlen zu kämpfen. Einfach wird es nicht. Aufgeben werde ich auch nicht. Diesen roten Binden werde ich mich nicht kampflos hingeben.

Die Schritte werden lauter. Ich lege noch schnell die Decke über meinen rechten Arm. Meine Füße sind noch versteckt.

Verdammt, jetzt sind sie zu zweit hier.

Ein Mann sagt, „der Patient benötigt einen neuen Arterienzugang?"

„Ja, Herr Doktor, Herr Kamerad Reckmann," antwortet sie kurz und trocken.

„Gut, dann ziehen sie schon einmal den alten Zugang," antwortet der Arzt.

Vorsichtig beginnt sie, an einem Pflaster zu werkeln. Sie zieht es Millimeter für Millimeter ab. Teilweise zieht sie an Haaren von mir, was schon echt weh tut, aber ich darf kein Anzeichen geben, dass ich wach wäre. Ich muss unentdeckt bleiben, mich zusammenreißen, Zähne zusammenbeißen.

Rechts bewegt jemand metallene Gegenstände, legt sie in eine Schale. Ist das der Arzt? Packt er einen neuen Arterienzugang aus?

Auf einmal klingelt ein Telefon. „Dr. Reckmann hier," meldet er sich und fährt nach einer kurzen Pause fort, „sicher doch Herr Genosse Kaderleiter, alles für das Kombinat."

Er scheint aufgelegt zu haben und befiehlt, „Kameradin Müller, der Genosse Kaderleiter hat angerufen. Das Kollektiv rote Ökulei hat einen weiteren Klassenfeind gefasst. Sie brauchen dringend unsere Unterstützung in der Sektion Aderlass."

„Alles zum Wohl des Kombinats," bestätigt Kameradin Müller.

Zusammen verlassen sie wieder den Raum.

Ich setze mich sofort auf, fühle mich aber noch stark benommen. Ich ziehe schnell alle Venenzugänge heraus, nehme Pflaster von rechts und klebe sie hastig unter Druck auf die Wunden.

Als nächstes nehme ich eine stumpfe Spritze, die vermutlich eine Natriumchlorid-Lösung, also Salzwasser beinhaltet. Das Salzwasser spritze ich neben das Bett. Ich setze es an den Blasenkatheter an und sauge das Wasser heraus, welches eine Art Anker in meiner Blase bildet, um den Katheter in der Blase zu halten. Zügig, aber vorsichtig atme ich tief ein und aus, ziehe dabei den Katheter heraus. Das fühlt sich echt unangenehm an, aber ich muss das jetzt tun. Ich muss hier raus, mich in Sicherheit bringen.

Genau wie den Katheter, ziehe ich auch am Schlauch, der durch meine Nase geht. Dies ist ebenfalls ein schreckliches Gefühl, als ob ich mich übergeben müsste. Ich hoffe, mich nicht verletzt zu haben. Mein Hals schmerzt auch ohne Schlauch noch.

Den zentralen Venenkatheter ziehe ich jetzt noch nicht heraus. Unter Beachtung, dass er bis in die Lunge reicht, will ich jetzt unter Hast jetzt nichts riskieren.

Vorsichtig versuche ich das Bett zu verlassen. Ich setze mich an die Seite und stehe auf. Sofort falle ich hin.

In einem Operationsgewandt gekleidet krieche ich den Boden entlang. Rechts neben der Tür ist ein Schrank. Zielgerichtet krieche ich zum Schrank und öffne die Tür. Sie ist verschlossen, aber ein Schlüssel steckt. Ich drehe den Schlüssel und öffne die Tür.

Im Schrank hängen ein graues T-Shirt, eine Lederjacke und eine blaue Jeans geordnet nebeneinander. Unten stehen auch dunkelbraune Lederschuhe und scheinbar Unterwäsche. Rechts neben dem Schrank steht ein Stuhl.

Schnell setze ich mich hin, reiße die Kleidung aus dem Schrank und ziehe sie mir vorsichtig an. Unter der Jacke war auch ein bräunlicher Schal versteckt. Diesen nutze ich, um den zentralen Venenzugang, der immer noch an meiner rechten Halsseite heraushängt, zu verstecken, aber auch um ihn zu schützen.

Mit Mühe ziehe ich mir alles an. Ich versuche mich aufzustellen und kann kaum stehen. Es geht aber schon besser als vorher. Mit der Aufregung wird scheinbar ausreichend Blut in meine Organe gepumpt. Auch das Adrenalin hilft.

Achtsam bewege ich mich zwangsweise in geduckter Haltung in Richtung Tür und schaue über den Flur. Es ist nur ein kurzer und dunkler Flur. Zur linken Seite ist ein Fahrstuhl, zur rechten Seite nicht. Dafür hängt hier aber ein grünes Notausgang-Zeichen an der Decke. Da oben scheinen aber keine Kameras installiert zu sein. Wenigstens etwas Gutes hier. Der Gang ist gerade leer. Niemand ist zu sehen oder zu hören, nur das Piepen aus anderen Räumen und der angehende Piepton aus meinem Raum.

Vorsichtig gehe ich nach rechts, in Richtung des Notausgangs. Am Fahrstuhl werde ich wahrscheinlich am ehesten entdeckt.

Meine Beine tun sich noch schwer, mich zu tragen, aber es geht voran. Ich kämpfe Schritt für Schritt mit der Schwäche meiner Muskeln, aber auch mit einem unglaublich starken Schwindelgefühl. Meinem Kreislauf geht es nicht gut.

Unerwarteter Weise höre ich plötzlich jemanden aus einem der anderen Räume schreien, „Hilfe, Hilfe, bitte hilf mir jemand."

Dies erschrickt mich. Reflexartig öffne ich die nächste Tür in meiner Umgebung. Ich falle fast in den Raum, schaue mich um. Die ist ein Wäscheraum.

Schnell betrete ich den Raum und schließe die Tür hinter mir so leise wie möglich. Ich lege mich erstmal hin, liege in einem Wäschehaufen. Die Wäsche ist dreckig. Zumindest riecht sie so. Durch das schwache Licht, welches durch die Schlitze der Tür oben und unten in den Raum dringt, gibt es hier auch nicht viel Anderes.

Ich überprüfe die Taschen in meiner Hose. Hier scheinen ein wenig Kleingeld und auch ein paar Geld-scheine zu sein. In meiner Lederjacke finde ich ein Mobiltelefon in der Innentasche links. Rechts entde-cke ich ein anderes Dokument, vermutlich einen Rei-sepass.

Mit dem Mobiltelefon mache ich ein wenig Licht. Der Akku ist zu 63% aufgeladen. Der Pass ist ein deutscher EU-Reisepass. Ich öffne ihn bis zur perso-nalisierten Seite.

Links oben ist ein Bild, ein recht gutaussehender und junger Mann schaut mich mit einem neutralen Gesichtsausdruck an. Bin das ich? Leider ist mir hier noch kein Spiegel über den Weg gelaufen.

Wenn ich das bin, heiße ich Michael Pfeiffer und wurde am zehnten Mai 1992 in Hamburg geboren. Aber welches Jahr haben wir jetzt und wo bin ich? Auf jeden Fall scheine ich in Deutschland zu sein.

Das künstliche Licht des Telefons verwende ich, um den Raum ein wenig weiter zu erkunden. Rechts neben mir scheint ein Wäscheschacht zu sein. Gegen-über von mir steht ein Regal mit frischer Wäsche und

Handtüchern. Wenn das hier ein offizielles Krankenhaus ist, wieso unterhalten sich die Leute so seltsam? Und warum war ich gefesselt?

Noch immer frage ich mich, ob das alles nur ein Traum ist. Zwar spüre ich inzwischen alles realer, aber kann das hier real sein? Ich wünschte mir auf jeden Fall, ich würde wieder aufwachen und an einem Ort sein, wo ich in Sicherheit bin, an einem Ort, den ich kenne, mit Personen, die ich kenne. Wieso erinnere ich mich denn überhaupt nicht, an niemanden?

Vorsichtig verstaue ich den Pass und das Telefon wieder in meiner Jacke, bevor ich mich in Richtung Tür bewege. Zunächst lausche ich nur.

„Genossen, der Diversant 10b ist nicht mehr im Bett," höre ich eine weibliche Stimme rufen, „findet ihn. Er kann nicht weit gekommen sein. Schaut in jedem Raum, auch den Arbeitsräumen und der Wäschekammer."

Schritte auf dem Flur werden hastiger. Ich bewege mich schnell zum Wäscheschacht, öffne ihn und klettere hinein. Meine Muskeln scheinen noch gut zu reagieren. Vielleicht macht das der Schock, die Angst, das Adrenalin. Sie sind schwach, reagieren aber noch erstaunlich gut.

Meine Hände erfühlen oben etwas an dem ich mich festhalten kann. Ich ziehe mich hoch. Weiter oben angekommen, drücke ich mit meinen Beinen gegen die Wand und verhalte mich so ruhig wie möglich.

Auf einmal öffnet sich eine Tür, vermutlich die des Wäscheraumes.

„Hier ist auch niemand," ruft eine junge, männliche Stimme.

„Wirf sicherheitshalber die dreckige Wäsche herunter und höre ob jemand schreit," höre ich eine erfahrenere Stimme rufen.

Die Klappe zum Wäscheschacht öffnet sich. Ein wenig Licht strömt in den Schacht hinein. Ich erkenne das metallische Grau des Rohres um mich herum und halte mich so gut und ruhig wie möglich fest.

Wäsche wird heruntergeschmissen. Ich spüre, wie Schweiß langsam meine Stirn herunterrollt. Der Tropfen landet in meinem T-Shirt.

Es wird zunehmend schwieriger, mich hier oben zu halten, aber ich muss. Die Leute scheinen mich als Feindbild zu sehen, oder als Diversant, was auch immer das ist.

Kurze Zeit später höre ich, wie die Klappe wieder schließt. Ich warte noch wenige Minuten, bevor ich mich vorsichtig herablasse.

Leider schaffe ich es nicht, perfekt leise zu sein. Ich muss einfach hoffen, dass mich niemand hört und dass keine Wäsche von oben herunterfällt.

Zentimeter für Zentimeter kämpfe ich mich herunter. Ich weiß nicht, wie weit es heruntergeht oder was mich unten erwartet.

Drei Stockwerke tiefer reicht meine Kraft kaum noch aus. Ich bin überrascht, dass ich überhaupt soweit komme. Es kommt mir so vor als hätte das Adrenalin meinen Kreislauf wieder stabilisiert. Außerdem wirke ich echt sportlich, zum Glück.

Bei einer weiteren Öffnung angekommen, versuche ich, durch Ritze zu erkennen, was sich dahinter befindet, Ich erkenne aber nichts. Vermutlich ist es auch dunkel in diesem Raum.

All meinen Mut nehme ich zusammen und drücke die Klappe auf. Die Klappe scheint ein wenig zu klemmen. Ich höre ein Reißgeräusch beim Öffnen. Das Licht im Raum ist aus, dennoch sind dort zwei Monitore am Leuchten.

Vorsichtig klettere ich in den Raum. Bei einem Blick zurück erkenne ich, dass scheinbar Tapeten über die Öffnung geklebt wurden.

Rechts neben der Tür befindet sich ein Schloss mit Zahlenkombination. Grüne Lichter blinken hier. Ist dies ein besonderer Raum für die Gruppe, die das Gebäude betreibt?

Langsam und schon etwas sicherer auf meinen erschöpften Beinen begebe ich mich an einen der Monitore.

Es sind Textdokumente mit folgenden Titeln geöffnet:
- „GegenKa, die Kämpfer des Volkes"
- „Kapitalismus bedeutet das Ende der Freiheit"

- „Kostenlose Kleinstkredite für die Armen sind die Rettung"
- „Maschinen übernehmen die Regierung, Kapitalismus rückt an die Macht"
- „Mindestlohn von EUR 18,- die Stunde bei einer maximalen Arbeitszeit von 32 Stunden das Ziel"
- „Regierung vertuscht Waffendeals"
- „Regierung verkauft Bevölkerung für dumm, wehrt euch"
- „Reiche werden immer reicher, Eigentum gehört abgeschafft, für die Gemeinschaft"
- „Sozialismus als einzig wahre und gerechte Lösung"
- „Unternehmen sind die wahren Übeltäter in Afrika"
- „Unternehmen beuten das Volk aus, nieder mit dem Kapitalismus"
- „Vorgehensmodell"

Ich schaue detaillierter in das Vorgehensmodell. Auf die Schnelle erkenne ich folgenden Inhalt:

„1. Artikel schreiben und von Kaderleitung freigeben lassen. Inhalte sollten klar die Vorzüge unseres Systems aufweisen, sowie Kerninhalte der Partei als Initiator preisen. Wenn wir unsere Partei stark machen, können wir immer mehr unsere Lösung, die einzig wahre Lösung einführen.

2. Nach Freigabe kann der Artikel in unserem Tool hochgeladen werden. Dieses veröffentlicht die Artikel auf diversen Online-Portalen und sorgt mit Hilfe von bots gleich für ausreichend Traffic, um bei den Suchmaschinen schnell oben zu landen.

3. Die Artikel in allen Social Media Profilen teilen und gegenseitig auch in den Kommentaren anpreisen. Dies profiliert die Meinungsbildung in der Bevölkerung."

Hierunter folgt einer Liste diverser Profile in den sozialen Medien. Bei jedem sozialen Medium scheint es mehrere Konten zu geben.

In diesem Moment erscheint eine Notiz, dass es eine neue E-Mail gibt. Ich gehe in das E-Mail-Postfach.

Die neueste E-Mail hat den Betreff, „Klassenfeind 10b entlaufen". Instinktiv lösche ich diese sicherheitshalber. Weitere E-Mails haben folgende Betreffe:

- „Alles für den Staat, wie du uns diese Woche speziell unterstützen kannst"
- „Nach erfolgreichem Wahlergebnis: Ideenwettbewerb ‚Kapitalismus in die Knie'"
- „Die neuesten Artikel, für alle. Alle teilen, jetzt!"
- „GegenKa – Unsere Exekutive des Volkes bald mit noch mehr Möglichkeiten"
- „Projekt BrainConnect startet jetzt auch an Menschen"

- „Neuigkeiten von Partnern aus aller Welt"
- „Lang lebe unsere Partei, in der Gemeinschaft stark, ein Rückblick"

Auf einmal höre ich es von der Tür abgehend piepen. Jemand scheint den Raum betreten zu wollen. Die Tür müsste sich nach innen öffnen. Ich laufe schnell hinter die Tür, kurz bevor sie sich öffnet.

Das Licht geht an. Rechts neben mir stehen Stahlstangen eines scheinbar noch nicht aufgebauten Regals an der Wand.

Erst tritt eine, dann eine weitere Person ein.

Die Tür schließt wieder. Ich greife eine stabile und dicke Stange und ziehe zuerst der ersten Person von hinten über den Kopf, dann auch der zweiten Person. Beide gehen sofort zu Boden.

Alles passiert schnell. Die zwei hatten keine Zeit zu reagieren oder zu schreien, waren scheinbar überrascht. Ich schaue mich um. In einem Regal in der Nähe liegt eine Rolle Panzertape. Unmittelbar ergreife ich dieses.

Ich ziehe die beiden Körper in eine versteckte Ecke und fessle sie an Armen, Beinen und Mund.

Was soll ich denn jetzt bloß tun? Wie komme ich hier raus? Soll ich die beiden als Geiseln nehmen? Würde das überhaupt erfolgreich sein? Könnten diese kranken Leute hier nicht auch auf zwei Personen verzichten, wenn es um das Wohl ihrer Partei geht? Ich kann mir vorstellen, dass diese Informationen nicht nach draußen gelangen sollen.

An einem der Computer ist ein Ladekabel angeschlossen, welches zu meinem Mobiltelefon passt. Lang lebe die Vereinheitlichung von Ladekabeln. Ich schließe es an und ermögliche eine Datenverbindung. Unmittelbar kopiere ich so viele Dokumente wie möglich herüber. Darunter sind Textdokumente, Tabellenkalkulation, Fotos und gespeicherte E-Mails.

Noch immer scheinen die beiden bewusstlos zu sein. Jemand klopft an der Tür. Ich ziehe sofort das Ladekabel ab und verstaue Kabel und Telefon in meiner Jacke, aber was jetzt? Wohin jetzt?

Von draußen höre ich eine Frau rufen, „wie ist der Code für den Presse-Raum? Max und Günther öffnen nicht. Ich sollte ihnen Kaffee bringen."

„Einen Moment," antwortet eine andere weibliche Stimme.

Sofort begebe ich mich wieder zum Wäscheschacht. Vorsichtig betrete ich ihn und greife oben wieder nach einem Halt. Nach kurzer Zeit finde ich wie vorher im oberen Stockwerk wieder einen Halt und ziehe mich hoch.

Durch die übertapezierten Ritze der Klappenöffnung höre ich ein piepen. Jetzt muss ich mich wieder ruhig verhalten.

„Danke und bis später" höre ich jemanden sagen. Die Tür schließt.

„Huch, was ist denn mit der Tapete passiert?" Kommentiert eine weibliche Stimme fragend.

Meine Hände werden immer feuchter vom Schweiß. Meine Muskeln müssen schon extrem kämpfen, um mich oben zu halten.

Schritte kommen näher. Jemand klopft am Wäscherohr und kommentiert, „huch, was ist denn das, ein Rohr?"

Zumindest scheinen die beiden Körper gut versteckt zu sein. Die Assistentin, Praktikantin oder was für eine Rolle sie auch immer spielt, hat die beiden offenbar noch nicht entdeckt.

Licht strömt ins Rohr. Die Klappe ist offen. Ein Kopf regt sich in den Schacht.

Meine Finger rutschen ab, ich falle, treffe den Kopf zunächst noch, bevor es im freien Fall hinuntergeht. Ich habe sie hoffentlich nicht schwer verletzt. Bewusstlos sollte sie aber schon sein.

Ich falle für einige Sekunden, versuche, mich mit den Händen abzubremsen, hilft aber nicht viel, als sich der Schacht zur Seite neigt und ich etwas bremsend weiter hinunterrutsche. Ich lande in einem Haufen voller stinkender Wäsche, der mich zum Glück sanft bremst.

In diesen neuen Raum gelangt Licht lediglich durch ein mattes Fenster in der Tür. Es riecht hier schon recht abartig. Der Geruch ist schwer zu beschreiben. Es ist ein Gemisch aus vielen verschiedenen Sachen. Vorsichtig krieche ich aus dem Wäschehaufen und schleiche in Richtung Tür, wo ich für einige Minuten lausche. Es ist nichts zu hören. Langsam und vorsichtig öffne ich die Tür nach außen.

Flackernde Neonröhren an der Decke erhellen den Raum. Diese verursachen zudem ein leises, unregelmäßiges Summen.

Wände, Decken und Boden sind aus reinem Sichtbeton. Auf Dekoration wurde hier kein Wert gelegt. Hoffentlich gibt es hier einen sicheren Weg raus. Wenn ich unentdeckt bleibe, dann sicher hier.

Von der Decke tropft es manchmal. Es ist schwer zu sagen, ob es sich um einen Wasserschaden oder um Schwitzwasser handelt. Am Boden gibt es auf jeden Fall mehrere kleine Pfützen.

Ich versuche, im Trockenen zu laufen. Nasse Schuhe könnten Spuren hinterlassen.

Im ersten Raum rechts befinden sich technische Anlagen für die Wasser- und Gasversorgung. Auf der gegenüberliegenden Seite steht ein Notstromaggregat. Die Beschriftung auf den Geräten ist auf Russisch.

Im weiteren Laufe des Ganges gibt es rechts einen größeren Raum, der für An- und Ablieferungen verwendet wird.

Auch dieser Raum wird durch flackernde Neonröhren beleuchtet. Links gibt es ein Tor zur Be- und Entladung von Lastkraftwagen. Auf der anderen Seite stehen ein Haufen Kartons. Auch die Beschriftung auf diesen ist auf Russisch. Einige Kartons sind offen.

Ich nähere mich ihnen und schaue hinein. Dies scheinen Propaganda-Materialien für die Partei zu sein. Es gibt in verschiedenen Kartons Flyer, Zeitschriften und rote Fahnen. In einem Karton gibt es sogar dunkelgraue Masken zum Vermummen von Gesichtern. Selbst technische Geräte befinden sich in den Kartons.

Was sind das für Geräte? Sind das Abhörgeräte oder GPS-Empfänger? Werden Parteifeinde ausspioniert? Erfolgt alles in Kooperation mit Russland? Oder bin ich hier sogar in Russland, in einer Außenstelle der Partei? Die Zeitschriften und Flyer sind allerdings auf Deutsch.

Mit meinem Mobiltelefon nehme ich Fotos von jeder Kiste. Beweise könnten nützlich sein.

Nichtsdestotrotz, ich muss hier raus, schnell, aber wie?

Vorsichtig schleiche ich mich zum Tor. Auf der rechten Seite erkenne ich jetzt auch eine separate Tür. Ich begebe mich dort hin und lausche. Durch das Schlüsselloch dringt etwas Licht in den Raum. Ich schaue hindurch.

Hinter dieser Tür ist zunächst eine Rampe, die vom Erdgeschoss hier runterführt. Durch das Loch strömt eine Luft wie nach Regen hinein, saubere Luft.

Ich hoffe nur, die Luft ist auch rein hinter dieser Tür. Die Tür führt wirklich nach draußen, was für ein Glück.

All meinen Mut nehme ich zusammen und öffne die Tür. Sie ist glücklicherweise nicht verschlossen. Was für eine Lücke im Sicherheitssystem.

Ich verlasse die Laderampe und gehe langsam die Straße ins Erdgeschoss hoch.

Je näher ich komme, desto klarer erkenne ich, dass das Gebäude an einer Hauptstraße liegt. Relativ viele Autos passieren die Auffahrt.

Ich warte im Schatten des Ganges einige Autos ab, auf eine passende Gelegenheit. Vielleicht gibt es ja einen LKW auf den ich verdeckt aufspringen kann.

Der Regen wird wieder stärker. Vermehrt prallen Tropfen vom Boden ab und spritzen in meine Richtung. Es bildet sich ein kleiner Fluss am Boden die Rampe herunter.

Nach einigen Minuten erkenne ich ein Taxi und halte es an. Das Geld in meiner Hosentasche sollte noch für eine Fahrt ausreichen.

Eilig springe ich ins Taxi und sage, „einmal zum nächsten Bahnhof bitte."

„Ok," bestätigt der Fahrer und aktiviert das Taxameter.

Flucht mit Hindernissen

Der Taxifahrer ist ein älterer, vermutlich türkisch-stämmiger Herr. Er hat ein Lächeln auf seinen Lippen und scheint gut gelaunt zu sein.

„Sie sind wohl auf der Flucht?" Fragt er.

Was sage ich jetzt bloß, ohne mich zu verraten?

„Ja, auf der Flucht vor dem Regen. Der ist momentan schon heftig," kommentiere ich und versuche, ein Lächeln auf meine Lippen zu zaubern. Ich hoffe, er hat dies auch als Lächeln wahrgenommen.

Ich schaue durch die Fenster. Wir befinden uns in einer Kleinstadt. Viele Geschäfte und Wohnungen scheinen verlassen zu sein. Die Straßen sind gut erhalten, aber zumeist leer. Die Gebäude hingegen zerfallen teilweise schon.

Je weiter wir fahren, desto weniger Autos tummeln sich auf der Straße. Zudem sind meine Augen immer noch schwach. Anhand der Nummernschilder könnte ich sonst ausmachen, wo ich bin.

Die Umgebung wird langsam wieder ländlicher. Ich hoffe, er fährt mich wirklich zum Bahnhof und gehört nicht zu der Partei.

Der Fahrer biegt links ab und fährt auf einige kleinere rote Gebäude mit roten Dachziegeln zu. Zwischen den Gebäuden befinden sich drei Betonpfeiler, die in der Mitte etwas wie einenAdler tragen.

Ist dies wirklich ein Bahnhof oder nur ein weiteres Gebäude der Partei und ich komme jetzt in spezielle Haft? Was soll ich bloß machen?

Kurze Zeit später fahren wir in einen Tunnel hinein. Langsam wird es hier echt unheimlich. Wenigstens ist der Tunnel gut beleuchtet.

Als wir den Tunnel wieder verlassen, fahren wir ins Licht und biegen rechts in Richtung der roten Gebäude ab.

Auf der rechten Seite erkenne ich Schienen. Das beruhigt mich, oder werde ich womöglich in Richtung Russland entführt werden?

Vor einem Eingang hält der Fahrer an.

„Das macht acht Euro Vierzig bitte", bittet er mich um Geld.

Ich greife in die Tasche und erwische einen zwanzig Euro scheinen.

„Zehn Euro bitte," antworte ich, um nicht zu sehr wie auf der Flucht zu wirken, während ich ihm das Geld reiche, „und eine Quittung."

„Jawohl," antwortet der Fahrer, gibt mir das Wechselgeld und stellt die Quittung aus.

„Danke und einen tollen Tag noch," verabschiede ich mich.

„Ihnen auch," höre ich noch aus dem Hintergrund während ich ins Trockene laufe.

Am Bahnhof angekommen hoffe ich, dass es hier nicht irgendwelche Parteimitglieder gibt, die mich erkennen. Ist es klug, bereits heute mit einem Zug zu verschwinden oder sollte ich womöglich noch etwas warten? Wo bin ich hier überhaupt?

Auf einem Schild im Gebäude erkenne ich, „Frankfurt (Oder)". Wohin sollte ich von hier denn bloß fliehen?

Ich schaue mich kurz im Gebäude um. Ein Fast-food-Restaurant, ein Café, ein Zeitungsladen, viel mehr gibt es hier nicht.

Vermutlich kennt hier jeder jeden und unbekannte Gesichter fallen sofort auf. Ich sollte mich wirklich noch ein oder zwei Nächte verstecken, untertauchen, bis sich die Lage beruhigt hat. Sofort verlasse ich die Bahnhofshalle wieder.

Auf der rechten Seite bemerke ich einen kleinen Wald. Möglichst unauffällig mache ich mich auf den Weg dorthin.

Ich schlendere in schneller Schrittgeschwindigkeit durch den Regen. Leider habe ich keine Kapuze, mit der ich mein Gesicht verstecken könnte.

Im Wald angekommen, fällt mir sofort auf, dass das Gebiet viel zu klein ist. Hier werde ich nicht lange Unterschlupf finden oder doch?

In einigen Metern Entfernung erkenne ich ein Baumhaus. Ich stapfe quer durch den Wald dorthin.

Das Häuschen scheint dort schon länger zu stehen. Das Holz des Hauses, sowie die herunterhängende Leiter sind bereits von Moos überwachsen.

Mit Vorsicht ziehe ich langsam an der Leiter und immer stärker. Sie scheint mich zu halten. Unmittelbar klettere ich die Leiter herauf. Im Baumhaus liegen ein paar Äpfel in einer Schale, Decken, sowie eine Plastikplane. Das Dach ist dicht.

Ich ziehe die Leiter hoch, nehme einen Apfel und beiße genüsslich hinein. Das ist so wohltuend. Die anderen Äpfel lege ich zur Seite und fange mit der Schale Regenwasser auf.

Bereits früh trinke ich die erste Schale aus und lasse es erneut vollaufen.

Jetzt lege ich mich hin, decke mich zu und falle sofort in einen tiefen Schlaf.

Im Schlaf habe ich einen merkwürdigen Traum. Dieses Mal wirkt er aber viel realer, als wenn ich sonst träume:

Die Sonne schein unermüdlich auf mich hinunter. Ich bin auf der Straße mit vielen anderen. Ich verstehe nicht, was gerufen wird, dazu ist es zu undeutlich.

Viele Leute tragen die Farben rot, gelb und blau in Shirts oder Mützen.

An den Seiten der Straße stehen Wachleute, schwer bewaffnet und mit großen Schutzschildern.

Die Geschäfte am Straßenrand sind leer. Leere Regale über und über. Die Demonstration verläuft friedlich.

Auf einmal fliegen qualmende Gegenstände auf die Straße, direkt vor uns. Ich bin fast ganz vorne bei der Demonstration dabei. Vermummte Mit-Demonstranten laufen vor und werfen sie zurück in eine Mauer schwarz gekleideter Sicherheitskräfte. Sofort fliegen mehr dieser Rauchbomben auf uns zu.

Die Demonstration kommt zum Stillstand. Die Leute schreien lauter. Es geht wohl um fehlendes Essen, fehlende Medikamente, eine unzureichende Sicherheit der Bevölkerung und um eine Korrupte Regierung, die die Wirtschaft zum Zusammenbruch gebracht hat und der Ursprung des Ganzen ist.

Auf einmal fallen Schüsse. Vier oder fünf der Demonstranten gehen zu Boden. Die Masse drückt mich nach vorne, andere Demonstranten laufen weg. Weitere Schüsse fallen und mehr Demonstranten gehen zu Boden. So auch ich, aber ich krieche zurück, vielleicht in Sicherheit? Ich habe nicht wirklich Kontrolle über meinen Charakter. Es ist, als hätte jemand anderes die Kontrolle übernommen.

Plötzlich werde ich wieder wach. Es hat aufgehört zu regnen. Es wird bereits dunkel. Sollte ich in der Dunkelheit ein sichereres Versteck suchen? Ich denke, ich bin hier noch immer zu zentral, zu offensichtlich ist dieses Baumhaus. Ich bewege mich ein wenig in Richtung Tür meines Unterschlupfes.

An der Straße erkenne ich, wie Leute in der Abenddämmerung spazieren gehen. Zwei weitere Personen sprechen diese an und zeigen dabei einen Zettel. Soweit ich es sagen kann, scheinen alle Personen mit dem Kopf zu schütteln. Sind diese Personen jetzt aktiv auf der Suche nach mir? Vielleicht sollte ich mich zu Fuß auf den Weg in einen anderen Ort machen.

Ich kann nur hoffen, dass mich der Taxifahrer nicht erkannt hat oder er mich zumindest nicht verrät. Vielleicht ist der Taxifahrer aber auch komplett auf meiner Seite gewesen.

Wie dem auch sei, ich kann es nur vermuten und brauche Fortschritt, muss mich irgendwie in Sicherheit bringen. Berlin ist relativ nahe und eine riesige Stadt, aber hat die Partei dort auch viele Anhänger, glaube ich, aber woher weiß ich das alles?

Mit ruhigen Bewegungen begebe ich mich wieder zurück ins Innere des Baumhauses.

„Herr Genosse, der GPS-Sensor im Telefon zeigt aber, dass er sich hier in der Umgebung aufhält," höre ich im Hintergrund jemanden rufen.

„Kamerad, das mag sein, vielleicht war er schlau genug, sein Telefon weg zu schmeißen. Du weißt, dass der Satellitenempfang in der Gegend hier auch mal irreführend sein kann," ertönt eine Antwort, „ich sehe ihn nicht und gehe fest davon aus, dass er schon lange nicht mehr in der Stadt ist. Lass uns nach Hause gehen."

Die Stimmen sind nicht weit weg. Natürlich, über das Telefon können sie mich finden. Wieso habe ich daran bloß nicht vorher gedacht? Aber ich kann ja aus meinen Fehlern lernen.

„Herr Genosse, geben Sie mir bitte die Nummer. Ich will versuchen, das Telefon anzurufen. Vielleicht klingelt es ja," ertönt ein weiterer Kommentar, bereits wieder etwas entfernt.

„Ich werde es selbst versuchen," ertönt die Antwort.

Ich greife sofort hastig mein Telefon und hoffe, sie haben es nicht gehört. Den Bildschirm aktiviere ich und regele den Klingelton runter. Es fängt an zu vibrieren. Auch das Vibrieren schalte ich so schnell wie möglich aus, bevor ich das Display wieder deaktiviere.

„Schau dort," sagt einer der beiden.

„Was denn?" Fragt der andere.

„Ich glaube, ich habe da hinten ein Licht gesehen, wie von einem Display," erklärt der erste.

„Dann hin da," antwortet der Zweite.

Die Schritte nähern sich. Sie stapfen durch die Blätter am Boden des Waldes. Teilweise brechen kleinere Äste. Sie nähern sich immer weiter. So ein Mist, vielleicht hätte ich das Mobiltelefon einfach wegwerfen sollen, anstatt den Ton auszuschalten. Jetzt ist es zu spät. Das war wohl nicht meine weiseste Entscheidung heute. Ich rolle mich so weit wie möglich an eine Wand und mache mich so schmal wie möglich.

Übereifrig werfe ich auch das Handy noch mal ein wenig weiter weg, raus aus dem Baumhaus. Ich höre, wie es durch die Äste fliegt und am Boden landet.

„Hast du das gehört?" Fragt einer der beiden nach.

Die Antwort kommt sofort, „ja, da vorne laufen ein paar Hasen."

„Ok und schau da, da ist ein Baumhaus. Versteckt er sich wohl da oben?" Fragt der erste nach.

„Das werden wir herausfinden," antwortet der Andere, „wir haben Schusserlaubnis."

Alles was ich danach noch höre ist das Klicken von Gewähren und Schüsse. Die beiden schießen fleißig durch den Boden meines kleinen Häuschens. Mit jedem Schuss kommen sie näher. Holz springt in die Luft, der Boden wird löchrig.

Die durch die Luft fliegenden Kugeln und Holzsplitter erzeugen einen schwachen, aber spürbaren, unregelmäßigen Windzug.

Ich bemühe mich, mich nicht zu bewegen, nicht zu schreien, möglichst wenig zu atmen.

Wenige Minuten später verstummen die Schüsse. Ohne weitere Kommentare höre ich wieder Schritte durch den Wald stapfen. Sie entfernen sich endlich.

Ich bleibe hier genauso wie bisher liegen. Das Adrenalin in meinem Blut erlaubt es mir scheinbar, eine unglaubliche Körperspannung aufrecht zu erhalten. Nachdem ich dies überlebt habe, will ich sichergehen, dass ich nicht durch einen weiteren meiner Fehler auffalle.

In dieser Position verharre ich lange Zeit, bestimmt für eine halbe Stunde. Eine Uhrzeit habe ich leider nicht mehr, ohne Mobiltelefon. Was soll ich jetzt machen? Ich muss hier weg, in Sicherheit, ich muss abtauchen oder zur Polizei, aber in ein Revier weit weg von hier, weg von den Einflüssen der Partei.

Vielleicht hilft es ja, auf die polnische Seite der Stadt zu gelangen, aber wurde auch Polen lange von sozialistischen Regimen beeinflusst. Was soll ich bloß machen?

Erst einmal lege ich mich etwas entspannter auf den Boden. Die Decken, die Plastikplane und die Schüssel sind von den Kugeln durchlöchert oder zerbrochen. Sogar das Dach weist inzwischen Löcher auf, die einen Blick in die Sterne gewähren. Nur ich bin unversehrt. Ich habe wirklich ein unglaubliches Glück gehabt.

Inzwischen ist es Nacht. Nur der Mond und die Sterne durchströmen die Dunkelheit noch mit Licht. Es ist aber gut, zu wissen, dass es selbst in der dunklen Nacht noch das Licht des Mondes und der Sterne gibt. Sie bringen Licht ins Dunkel und Hoffnung in meine Seele. Die Wohnhäuser auf der anderen Straßenseite haben ihre Lichter inzwischen ausgeschaltet.

Vorsichtig schaue ich mich möglichst genau um. Es sind einige Tiere zu sehen, aber keine Menschenseele. Kann ich mir jetzt im Schutz der Nacht ein neues Versteck suchen? Ich denke, ich sollte es tun, fernab vom Telefon. Ich denke, die Typen werden morgen wieder nach dem Telefon suchen.

So krieche ich zur Hängetreppe und lasse sie wieder herunter. Stufe für Stufe gehe ich diese hinunter. Zum Glück hat sie den Kugelhagel überlebt. Die Müdigkeit vom Eingriff macht mir immer noch zu schaffen.

Mit viel Anstrengung bemühe ich mich durch den Wald in Richtung Straße. Auf der linken Seite ist ein Notariat. Kann ich denen vielleicht vertrauen? Besser ist, nicht, nachher arbeiten die noch zusammen.

Also gehe ich weiter in Richtung der Gubener Straße. So steht es auf dem Straßenschild.

Am Fahrbahnrand stehen Autos. Vielleicht hat ja jemand die Tür oder den Kofferraum aufgelassen.

Hoffnungsvoll gehe ich in Richtung der parkenden Autos. Ich versuche alle Türen von einem, von zwei und drei Fahrzeugen zu öffnen, als auf einmal ein Alarm losgeht. Erschrocken laufe ich weg, weiter weg. Die sollten davon ausgehen, dass es ein Tier war.

Nach einiger Zeit wechsle ich rüber auf eine Parallelstraße. Hier stehen auch wieder Autos. Ich versuche jetzt nur, die alten Autos zu öffnen, die Autos, in denen nichts von innen blinkt. Ich will kein weiteres Risiko eingehen.

Nachdem ich fünf weitere Autos versucht habe, habe ich endlich eines gefunden, bei dem die Fahrertür aufgeht. Ich setze mich rein und öffne die Klappe zu den Kabeln unter dem Lenkrad.

Es ist schon wieder unheimlich, woher ich weiß, wie das geht. Bin ich ein Verbrecher? Ein Autodieb?

Auf jeden Fall finde ich auf Anhieb die richtigen Kabel, als ob ich es direkt wüsste und ich schließe das Auto kurz. Ich schließe die Tür und fahre los.

Jetzt schnell raus hier. Ich folge der Straße, bis sie zum Buschmühlenweg wird. Die Umgebung wird mehr und mehr ländlich. Dieser Straße folge ich über mehrere Kilometer. Das Radio schallte ich nicht ein, ich will keine Ablenkung, ich will konzentriert und sicher fliehen.

Über diverse Landstraßen fahre ich, nicht zu schnell, aber auch nicht auffällig langsam. Der Tank ist noch halb voll. Auf diese Weise sollte ich es in Sicherheit schaffen. Ich fahre durch Ortschaften wie Lossow, Helenesee, Schlaubetal, Berkenbrück und

Fürstenwalde, bis ich erkenne, dass mein Tank fast leer ist. Vorsorglich verschanze ich mein Fluchtauto im Wald und mache mich auf den Weg in die Stadt von Fürstenwalde.

Auf dem Weg wünschte ich mir, ich hätte ein Telefon, eine Möglichkeit, ein Taxi zu rufen. Zudem sind all meine Beweise lediglich auf meinem Telefon geblieben. Wie soll ich jetzt bloß irgendwen von meinem Erlebnis überzeugen? Die werden denken, ich sei verrückt und mich vielleicht sogar wegsperren.

Beim Betreten der Stadt finde ich eine Zeitung auf dem Boden liegen. Ich hebe sie auf.

„Opposition will Kanzlerin in die Knie zwingen", steht in der Überschrift der Titelmeldung, mit dem Zeichen der Partei oberhalb der Kanzlerin, als ob die Partei diese bedroht oder ja, in die Knie zwingt. Ich muss was unternehmen. Irgendwie muss ich diese sozialistische Partei in die Schranken weisen, aber wie, so ohne Beweise und ganz alleine?

Da werde ich mir Unterstützung suchen müssen, um uns gemeinsam für Recht und Ordnung einzusetzen, für die Demokratie und Freiheit jedes Bürgers.

Die Zeitung verweist darauf, dass heute, morgen oder vor kurzem der 27. Juli 2022 ist oder war.

Ich klemme die Zeitung unter meinen Arm und schlendere weiter. Hier muss ich eine neue Transportmethode finden.

In manchen der Fassaden der Häuser, an denen ich entlang gehe, hängen kleine Fähnchen der Partei im Fenster.

Was ist hier los? War ich irgendwie länger ausgeschaltet oder erinnere ich mich bloß nicht mehr?

Die Fähnchen sind ein Zeichen, dass ich auch hier vorsichtig sein muss, wem ich traue. Aber wie skrupellos muss die Partei sein, wenn sie an die Mitglieder kommuniziert, dass jemand den sie gefangen haben entflohen ist?

Müsste dies nicht dazu führen, dass Fragen bezüglich der Arbeitsmethoden der Partei aufgeworfen werden? Ich meine, das wäre doch skandalös.

Oder schafft es die Partei, über Gehirnwäsche und die Verbreitung von Falschmeldungen, dass ich als Staatsfeind angesehen werde? Glauben ihre Anhänger jede Lüge und Übertreibung die sie erzählen? Ihre Falschmeldungen scheinen deren Aussagen zumindest zu untermauern. Gerissen sind die schon.

Vielleicht hätte ich einen Artikel in deren Tool hochladen sollen, ein Artikel, der die Skandale dort aufdeckt, aber so viel Zeit hatte ich dann doch nicht.

Oder bin ich etwa doch ein Verbrecher, einer der böses tut und in Haft gehört? Ich weiß es nicht, aber meine Gedanken unterstützen eher die Annahme, dass ich ein guter Mensch bin, finde ich.

Nach kurzer Zeit erkenne ich zum ersten Mal bewusst mein Gesicht. Im Auto wollte ich nur fliehen, da hatte ich keinen Kopf dafür, aber jetzt.

Ich sehe so aus wie die Person auf dem Pass, nur älter. Dann bin ich also Michael Pfeiffer, 30 Jahre alt, geboren in Hamburg.

An der rechten Seite meines Kopfes ist ein schmaler Teil der Haare wegrasiert. Klammern halten eine Wunde zusammen.

Wieso ist dem Taxifahrer das vorher nicht aufgefallen oder war er wirklich einfach nur auf meiner Seite? Gibt es selbst in feindlichen Territorien, in Hochburgen der Feinde auch Freunde?

Ich scheine Glück gehabt zu haben. Was ich jetzt aber benötige ist eine Mütze, und vielleicht auch neue Kleidung.

Unermüdlich durchquere ich diverse Straßenzüge, hier in Fürstenwalde, bis ich an einen Altkleidercontainer komme. Aufgerissene Tüten liegen bereits vor dem Container.

Sorgfältig suche ich nach passender Kleidung. Als ich diese gefunden habe, gehe ich in eine dunkle Ecke und wechsle meine Kleidung. Sowohl die Tacker im Kopf als auch den zentralen Venenkatheter am Hals verdecke ich mit großer Sorgfalt.

So wenig wie nur möglich will ich jetzt auffallen. Meinen Reisepass und das Geld nehme ich aus meiner

Kleidung, bevor ich sie direkt in den Altkleidercontainer stecke.

Mit einem etwas erleichterten Gefühl, einem Gefühl der Sicherheit streiche ich jetzt weiter durch die Straßen. Eine Apotheke zeigt die Uhrzeit. Es ist drei Uhr morgens. Ich denke nicht, dass jetzt noch ein Bus oder eine Bahn fährt.

Also mache ich mich wieder auf die Suche nach einem billigen Gefährt. Ich schließe es kurz und mache mich weiter auf den Weg nach Berlin. Ich durchquere Erkner und fahre ein nach Berlin-Köpenick.

In einem Ortsteil namens Friedrichshagen stelle ich das Auto in einer Halteverbotszone ab. Hier sollte es bald abgeschleppt werden.

Zu Fuß gehe ich weiter in eines der größeren bewaldeten Gebiete in der Umgebung. Ich habe die Hoffnung, irgendwo ein Versteck zu finden. Bald werde ich auf den Hochsitz eines Jägers aufmerksam. Ich steige hoch, lege mich hin und schlafe ein. Was für ein verrückter Tag.

Dein Freund und Helfer

Am nächsten Morgen wache ich mit einer zentralen Frage im Kopf auf: Wer bin ich? Was tue ich? Wo komme ich her?

Mit meinem Mobiltelefon habe ich nicht nur alle Beweise, sondern auch alle meine Kontakte, E-Mails, Social Media-Zugänge und Fotos aus der Vergangenheit verloren. Irgendwie muss ich aber herausfinden wer ich bin, was ich mache.

Gestern war meine Wahrnehmung noch mehr verschwommen als heute, aber wenn ich mich recht erinnere, dann war da eine Frau auf dem Display des Smartphones und wenn es so ist, ist sie meine Freundin oder Frau? Sie macht sich sicher sorgen um mich. Außerdem, wenn die Typen von gestern einen GPS-Sender im Handy installiert haben, wissen sie vielleicht auch von ihr? Ist sie in Gefahr?

Diese Flucht ist noch lange nicht vorbei. Vielleicht sollte sie eine Rettungsmission werden, aber wen rette ich? Wer ist sie? Ich muss das irgendwie herausfinden.

Heute Morgen tut mein Körper ganz schön weh. Er ist sehr erschöpft, aber ich musste die Chance nutzen, zu fliehen. Allmählich muss ich aber auch meinen zentralen Venenkatheter loswerden. Die Wunde, welche die Klammern in meinem Kopf zusammenhalten ist noch zu frisch, zumindest nach dem zu urteilen, was ich im Schaufenster und im Rückspiegel auf der zweiten Fluchtfahrt gesehen habe. Was ist bloß mit mir passiert?

Vorsichtig setze ich mich auf. Zunächst schmerzen meine Muskeln. Sie weigern sich, schon wieder aktiv zu werden, aber es nutzt ja nichts. Ich bin noch zu dicht am gestohlenen Auto. Noch bin ich nicht in der Anonymität der Großstadt. Ich bin immer noch nicht in Sicherheit, nicht an einem Ort, an dem ich nach mir und ihr suchen kann, mich finden kann, lernen kann, wer ich bin.

Vielleicht werde ich paranoid, aber es ist unglaublich, wie weit die Greifarme dieser Partei reichen. Ich bin mir nicht einmal mehr sicher, ob ich zur Polizei gehen kann. Vielleicht ist auch die unterlaufen.

Im Grün des sommerlichen Waldes erkenne ich vereinzelt Eichhörnchen in den Bäumen. Sie springen fröhlich und wie es scheint unbefangen von Ast zu Ast. Oder fühlen sie sich vielleicht gejagt und versuchen, sich zu verstecken?

Durch die Baumstämme hindurch erkenne ich am Horizont die Sonne aufgehen. Sie taucht aus einem roten und orangenen Gemisch langsam auf, immer höher. So schenkt sie dem Tag ihre Wärme. Als romantisch und schön könnte man es erachten. In mir regt sich aber eher der Drang nach einem sicheren Ort. Die Sonne geht auf. Das bedeutet für mich, ich muss los, fliehen, mich in Sicherheit bringen, abtauchen.

Noch etwas wackelig auf den Beinen, zwinge ich mich langsam die Treppe des Hochsitzes hinunter. Und stapfe in den Boden des Waldes.

Das Laub am Boden ist noch feucht vom Morgentau. Erst jetzt realisiere ich auch den wunderschönen Gesang der Vögel der Umgebung. In der Entfernung erkenne ich ein Reh, wie es mit dem Maul scheinbar etwas im Laub sucht.

Ich tue einen Schritt in Richtung des Rehs. Vielleicht ist es ja zutraulich. Unter meinen Füßen höre ich einen Ast brechen. Das Reh schreckt unmittelbar auf. Ich bleibe stehen, bewege mich nicht, bis das Reh wieder weitersucht. Erst jetzt wage ich einen, weiteren Schritt. Die Blätter unter meinen Füssen rascheln. Das Reh schaut wieder auf. Dieses Mal bleibe ich nicht stehen, sondern gehe noch einen Schritt voran, aber das Reh flieht. Es begibt sich in Sicherheit, wie ich es tun sollte.

Diese kriminellen haben eine Schussfreigabe. Wenn Jäger von hier zum engeren Kreis gehören, dann bin ich in dieser Umgebung ganz und gar nicht sicher.

So schnell, wie es mein Gesundheitszustand zulässt, gehe ich durch den Wald. Ich entferne mich weiter von der Stelle, wo ich das Auto abgestellt habe, wandere in Richtung Norden.

Zunächst gehe ich quer durch den Wald, aber schon bald stoße ich auf einen Waldweg. Dieser sollte mich in die Zivilisation oder zumindest an eine Straße führen.

Für einige hundert Meter stapfe ich durch den Sand, welcher den Waldweg kennzeichnet. Auch dieser ist noch feucht vom Morgentau. Er klebt unter und auch an den Seiten meiner Schuhe.

Aus der Entfernung erkenne ich eine Straße. Auf der gegenüberliegenden Seite befindet sich ein Schild, ein weißes S in einem grün ausgefüllten Kreis ist darauf zu erkennen. Darunter ist ein Pfeil nach links.

Ich nähere mich vorsichtig der Straße. Solche einsamen Straßen erachte ich als besonders gefährlich. Wenige Meter vor der Straße biege ich deshalb bereits nach links ab. Ich wähle einen Weg quer durch den Wald, im Schutz der Bäume. Allerdings bereitet mir das Rascheln der Blätter unter meinen Füßen ein wenig Sorgen. Langsamer zu gehen, macht es nicht wirklich leiser, also beeile ich mich.

In der Distanz werden auf meiner Straßenseite erste Gebäude ersichtlich. Ich nähere mich in geduckter Haltung der Straße. Ein, zwei Autos passieren direkt hintereinander, weshalb ich mich schnell auf den Boden lege. Ich weiß nicht mehr, wem ich hier noch trauen kann.

Auf der gegenüberliegenden Straßenseite scheinen noch keine Gebäude zu stehen.

Also krieche ich näher zur Straße und schaue aus. Ich gehe sicher, dass sich kein Auto nähert, bevor ich schnell aufstehe und über die Straße renne.

Auf der neuen Seite gehe ich etwas tiefer in den Wald. Niemand in den Häusern soll Verdacht schöpfen.

So schnell wie es mein Zustand zulässt eile ich durch den Wald, folge dem Verlauf der Straße. Der Bushaltestelle „Brösener Straße" gebe ich keine Chance. Nicht anonym genug wäre es, mit dem Bus zu fahren. Ich darf mir keine weiteren Fehler erlauben. Auch einige Waldwege überquere ich auf meiner Flucht durch den Wald mit Vorsicht.

Einige hundert Meter später nähern sich auch auf meiner Seite Gebäude. Sie kommen so nahe, dass ich keine Wahl habe. Hiermit wird es unauffälliger sein, auf dem Gehweg an der Straße zu gehen.

Also wechsle ich auf den Gehweg. In der Distanz wird die S-Bahn-Station immer deutlicher erkenntlich.

Frisch motiviert treibt mich die Sehnsucht nach Sicherheit in der Anonymität der Großstadt in einen schnelleren Gang. Ich laufe voran in Richtung des relativ anonymen Ausweges.

Kurz vor dem Eingang hält auf einmal ein Polizeiauto neben mir. Das Seitenfenster geht runter.

„Guten Morgen, ist alles gut bei Ihnen?" Fragt mich der Polizist, der auf dem Beifahrersitz sitzt.

Nervös antworte ich, „ja, alles gut, ja, ich war nur gerade spazieren."

Er hakt nach, „Ist Ihnen was passiert? Ihre Kleidung ist voller Laub."

Ich antworte, noch nervöser als vorher, „ja, alles ok, alles gut."

Die Tür des Beifahrers öffnet sich.

Der Polizist kommt auf mich zu und sagt, „könnte ich bitte mal Ihren Personalausweis sehen? Wo wohnen Sie denn?"

Von wegen Freund und Helfer. Können die mich nicht einfach in Ruhe lassen?

„Ja klar," antworte ich und durchsuche mit zittriger Hand meine Taschen.

Wo ist mein Reisepass jetzt nur? Ich spüre mein Geld aber nicht den Pass. Habe ich diesen etwa im Auto verloren?

Der Polizist schaut bereits etwas nervös zu seinen Kollegen. Auch die Außentaschen meiner neuen Jacke prüfe ich. Da ist er. Noch einmal Glück gehabt. Meine Hand zittert immer noch. Zugegebenermaßen ist das Zittern sogar stärker geworden als es zuvor schon war. Neben der Nervosität tragen sicherlich auch die Ermüdung sowie der Stress ihren Teil dazu bei.

Auf jeden Fall reiche ich ihm meinen Pass. Er reicht ihn weiter an seinen Kollegen und dreht sich wieder zu mir.

„Sind sie wirklich in Ordnung?" Fragt der Polizist erneut nach, „Sie zittern ja geradezu. Brauchen Sie etwas? Können wir sie irgendwo hinbringen? Wo wohnen Sie?"

„In der Stadt," erwidere ich kurz, mache eine Pause und fahre fort, „direkt an der S Bahn. Ich muss nur zur Station da vorne."

„Fehlt Ihnen etwas? Sie zittern so sehr," hakt der Polizist erneut nach.

„Ich bin in Ordnung. Ich bin nur Nervös, werde sonst nicht von Polizisten angehalten," beschreibe ich.

Jetzt steigt auch der zweite Polizist aus, kommt auf mich zu und reicht mir meinen Reisepass.

„Herr Pfeiffer, was haben Sie da am Hals?" Fragt er nach, „an Ihrem Schal ist Blut."

„Blut?" stammle ich vor mir hin, „oh, Blut, ja, Blut, ich war im Wald gestürzt und habe mich leicht verletzt, ist aber nur halb so schlimm. Alles ist in Ordnung."

Die Polizisten schauen sich an. Der Beifahrer zeigt keine Regung in seinem Gesicht. Der Schnäuzer bildet eine gerade, horizontale Linie, wie ein Tor vor seinen Nasenlöchern. Seine Haare sind kurz und gräulich auch auf dem Kopf. Auf seinem Namensschild steht ‚Petrovski'.

Der Fahrer ist glattrasiert. Auch unter seiner Mütze scheint er keine Haare zu haben. Laut Namensschild heißt er ‚Meier'.

Meier wirkt auf mich so aalig glatt wie einer dieser Nazis, wobei man ja keine Leute nach dem Aussehen beurteilen soll. Könnte er dennoch Mitglied einer linksradikalen Partei sein? Hat seine Behaarung nichts mit seiner politischen Gesinnung zu tun? Oder ist er ein verdecktes Parteimitglied?

Beide flüstern sich etwas zu.

„Kann ich jetzt gehen?" Nehme ich all meinen Mut zusammen und frage nach.

Petrovski fordert mich auf, „wir würden Sie gerne mit aufs Revier nehmen, um Ihnen weitere Fragen zu stellen. Bitte steigen Sie ein, aber zunächst müssen wir Sie noch auf Waffen überprüfen. Bitte legen Sie die Hände auf den Streifenwagen und spreizen die Beine."

Ich weiß es nicht, kann ich ihm vertrauen? Der Polizei sollte ich mich auf jeden Fall nicht wiedersetzen.

Ohne nachzufragen folge ich den Anweisungen. Meier durchsucht mich: meinen Oberkörper, vorne, hinten und die Seiten, dann auch die Beine. Scheinbar lässt er den Hals auf Grund der Verletzung außer Acht, Glück gehabt.

„Er ist sauber," bestätigt er nach der Durchsuchung.

Petrovski öffnet die hintere Seitentür und schaut mich einladend und freundlich an.

Bereitwillig steige ich ein. Auch die beiden Polizisten steigen wieder ein. Direkt vor mir trennt mich ein enges festes Gitter von der vorderen Sitzreihe.

„Wagen 13 an Cäsar, Status 5," gibt Petrovski im Funk an.

„Cäsar bestätigt Wagen 13,"ertönt eine Antwort.

Er setzt fort, „Wagen 13 meldet einen 036, 031 nach PEKO am Bahnhof Friedrichshagen. 056 zur AZW erforderlich. Ggf. Verdacht auf 116, 119, HI-LOPE der OLO. ADV ergab OS, daher ohne Acht. 056 ist nicht Gustav Emil. Wir sind auf den Weg ins PRev für weiteres Vorgehen."

„Cäsar bestätigt," ertönt die Antwort.

Ich weiß nicht, was jetzt passiert ist. Zu viele Abkürzungen gab es. Wie soll das ein Mensch bloß verstehen? Ein Gefühl in mir gibt mir aber Sicherheit.

Eine Uhr auf dem Tempomat zeigt an, es ist 05:29, also noch früh am Morgen.

Im Laufe der Fahrt fallen meine Augen wieder zu.

Auf einmal habe ich wieder einen dieser unglaublich real erscheinenden Träume:

Ich schaue auf eine rot angemalte Wand. Vor dieser Wand Knien fünf Personen, vier Männer und eine Frau. Alle tragen eine regenbogenfarbene Armbinde. Alle haben ein schwarzes Tuch vor den Augen.

Am Boden liegt ein gelb-rötlicher Sand. Windböen fegen leichtere Sandkörner teilweise zur Seite, aber auch ins Gesicht der dort knieenden Menschen.

Entgegen der Windrichtung marschieren auf einmal fünf Soldaten in einer Reihe vor diese Personen. Die Uniformen sind grünlich. Auf den Schultern haften rote Abzeichen. Auch die Stoffmützen sind rötlich, mit goldenen Emblemen. Stolz schauen sie nach vorne, bevor sie sich im Winkel von 90 Grad entlang der Linie – Mauer und kniender Person – zur Person drehen. Das Gewehr, welches sie zuvor mit ihren feinen hellgrauen Handschuhen diagonal vor dem Körper getragen haben, halten sie jetzt im rechten Winkel zum Boden entlang der rechten Schulter nach oben.

Von der Seite höre ich jemanden in slawischer Sprache reden. Merkwürdiger Weise verstehe ich seine Worte.

„Liebe Genossinnen und Genossen, seit Jahren kämpfen wir jetzt bereits gegen unsere Klassenfeinde, die Zweifler an unser Menschen- und Sozialbild. Auch Erziehungsmaßnahmen zur Bekämpfung ihrer Homosexualität oder dem Glauben an den Kapitalismus zeigen keinen nachhaltigen Erfolg. Sie lassen uns zum Schutze unseres Systems, des Staates und des

Leitbildes der Gleichheit, Gerechtigkeit und Solidarität unter der unumgänglichen Steuerung durch unseren Staat keine Chance. Deshalb werden wir heute unsere kranken Mitbürger auch zum Schutze vor sich selbst exekutieren müssen. Soldaten, bitte geht in Schussstellung," tönt es laut rufend von der Seite.

Auf einmal wackelt jemand an meinen Schultern.

„Aufstehen her Pfeiffer, wir sind angekommen, aufwachen," höre ich mit noch geschlossenen Augen.

Schweren Mutes öffne ich meine Augen und erwidere, „ok, ok, ich bin ja schon wach."

Langsam steige ich aus dem Streifenwagen aus. Der Parkplatz ist von einem weißen Zaun umgeben. In der Mitte des Parkplatzes steht ein Laubbaum. Das Polizeigebäude ist im Erdgeschoss aus großen rot glänzenden Steinen gemauert. Die drei oberen Stockwerke sind weiß ausgespachtelt. Beide Bereiche trennt eine schmale schwarze Schicht. Die Fenster sind alle dunkel, umgeben von einem schwarzen Rahmen. Manche Fenster sind mit einer braunen Folie scheinbar abgedunkelt. Sind dies die Verhörräume? Andere Fenster sind mit Jalousien abgedunkelt, vielleicht zum Schutz vor den Strahlen der aufgehenden Sonne.

„Folgen sie mir," fordert mich Meier auf.

Er geht vor, ich folge ihm. Petrovski folgt mir. Gemeinsam betreten wir die Wache durch einen Hintereingang.

Am Boden laufen wir auf hellen gräulich-neutralen Fliesen. Die Wände sind weiß. Keine Bilder, nur wenige Pflanzen. Alles scheint hier seine Ordnung zu haben. Überflüssige Dekoration, um den Raum angenehmer zu gestalten fehlt.

An standardisierten hellbraunen Schreibtischen vorbei führen mich die beiden Polizisten in einen abgedunkelten Raum.

„Setzen sie sich bitte," fordert mich Meier auf, „das Wasser auf dem Tisch können sie trinken. Gleich wird jemand zu Ihnen kommen."

Ich betrete den Raum und setze mich auf einen Stuhl am Tisch in der Mitte des Raumes. Die Tür schließt.

Hier sitze ich jetzt in einem Raum mit weißen Wänden. Der Boden besteht aus einem dunkelgrauen Teppich, keine kalten Fliesen mehr. Gegenüber von mir befindet ein großer Spiegel an der Wand. Dieser scheint direkt in der Wand integriert. Ich bin mir sicher, hier kann man von der anderen Seite durchschauen. Folglich sollte ich mich hier nicht auffällig verhalten.

Zugegebenermaßen sehe ich aber schon echt nicht gut aus, wie ein Obdachloser, mit meiner schwarzen Mütze und dem beigen dünnen Stoffmantel, der zudem schmutzig ist. In meinem rot weißen Union-Schal hat sich etwas Laub verfangen.

Auf dem hellbraunen Tisch liegen ein modernes Diktiergerät und eine Karaffe mit Wasser. Neben dem Wasser stehen weiße Plastikbecher. Ich gieße mir Wasser ein. Die Karaffe ist aus einem leichten Plastik. Der weiße Plastikbecher gibt bereits unter leichtem Druck meiner Hand nach.

Vorsichtig nehme ich einen ersten kleinen Schluck vom Wasser und warte erst einmal einige Minuten ab. Entweder ist die Dosis zu gering, oder es handelt sich wirklich nur um reines Trinkwasser.

Ein Blick auf meine Hände erleichtert mich etwas: Ich zittere nicht mehr.

Vom Durst getrieben schütte ich den Rest des Bechers, sowie drei weitere Becher in mich hinein. Dies fühlt sich so unglaublich gut in meinem sonst so trockenen Rachen an, wie das Gefühl einer Befreiung.

Nach etwa einer halben Stunde in diesem so sterilen Raum, bin ich kurz davor, wieder im Sitzen einzuschlafen, als sich auf einmal die Tür öffnet.

„Tut mir leid, dass Sie so lange warten mussten," entschuldigt sich eine weibliche Stimme auf dem Weg hinein, „ich bin Polizeioberkommissarin Sanchez. Dies ist mein Kollege Polizeikommissar Hartmann."

Polizeioberkommissarin Sanchez ist scheinbar etwa durchschnittlich groß. Ihre langen schwarzen Haare sind hinten am Kopf zu einem lockeren Zopf zusammengebunden. Sie ist geschätzt in den späten dreißiger Lebensjahren und hat dunkelbraune Augen sowie fein gezupfte Augenbrauen. Ihre Lippen sind unauffällig. Sie trägt scheinbar kein Makeup. Vom Typ her würde ich sie eher südamerikanisch einordnen. Dies ist aber kein Grund zur Erleichterung. Auch in Südamerika gibt es sozialistisch geprägte Regierungen. Vielleicht haben sie die Behörden hier auch international unterlaufen. Kann ich ihr trauen?

Polizeikommissar Hartmann ist Jung, vermutlich um die 30 Jahre alt. Er sieht typisch deutsch aus. Er trägt einen Dreitagebart und mittellange dunkelblonde Haare. Er ist wesentlich blasser als Sanchez. Außerdem ist er auch wesentlich größer und neigt beim Gehen dazu, etwas in die Höhe zu springen.

Beide setzen sich mir gegenüber hin und legen einen Block mit einem Stift vor sich.

„Herr Pfeiffer, wissen Sie, weshalb Sie hier sind?" Fragt mich Sanchez in einem akzentfreien Deutsch.

Sie hat weder das Aufnahmegerät gestartet noch mich gefragt, ob sie das Gespräch aufzeichnen kann. Ist dies ein Zeichen? Soll es keine Beweise geben?

„Um ehrlich zu sein, nein," antworte ich, „können Sie mich bitte aufklären?"

Hartmann mischt sich ein, „Frau Polizeioberkommissarin, wollen Sie das Gespräch nicht vorschriftsmäßig aufzeichnen?"

„Ja sicher doch," reagiert sie etwas nervös und schaltet das Diktiergerät ein.

Hartmann fragt mit scheinbar gestärktem Selbstbewusstsein nach, „ok, Herr Pfeiffer, sind sie mit einer Aufzeichnung einverstanden?"

„Ja, sicher doch," antworte ich etwas erleichtert, „aber warum bin ich hier?"

„Einen Moment noch, ich muss eben die Personalien abgleichen," führt er seinen Leitfaden fort, „sie sind also Herr Michael Pfeiffer, geboren am 10.05.1992 in Hamburg, Wohnsitz in der Riemannstraße 19 in Berlin Kreuzberg, ist das richtig?"

„Weiß ich nicht," antworte ich spontan, mache eine kurze Pause und korrigiere mich, „ich meine ja."

„Können Sie bestätigen, dass sie das sind?" hakt Hartmann nach.

„Ja," bestätige ich, „das bin ich, ganz sicher."

„Warum haben Sie gezögert?" Fragt Hartmann erneut.

Was sage ich jetzt bloß? Am besten irgendetwas, um meine Freundin in Sicherheit zu bringen. Ich muss von der Adresse ablenken und so schnell wie möglich hin da. Sie soll verreisen, irgendwo in Sicherheit, zu Freunden oder so.

„Nunja, ich wohne dort offiziell mit meiner Freundin, ja, allerdings haben wir uns verstritten, weshalb ich ausgezogen bin. Wir werden uns wohl trennen. Es funktioniert einfach nicht mehr," versuche ich, eine Situation darzustellen.

„Ich verstehe, und wo wohnen Sie jetzt?" kommt die nächste Frage von Sanchez,

„Bei Freunden hier in Köpenick," erkläre ich kurz.

„Welche Adresse ist das?" Will Sanchez näher wissen.

„Muss ich darauf antworten?" Frage ich nach, „ich meine, mein Privatleben muss schon respektiert werden und ich meine, ich habe nichts verbrochen."

Hartmann nimmt mich in Schutz, „Sie haben Recht, Herr Pfeiffer, bedenken Sie, aber dass Sie sich ummelden müssen, sobald sie längere Zeit woanders wohnen."

„Ok, verstanden" bestätige ich ihn, „aber warum halten Sie mich hier fest?"

„Wir halten Sie nicht fest. Sobald wir ein paar fragwürdige Punkte geklärt haben, können Sie auch gehen. Unter einigen Punkten wirken Sie halt verdächtig," antwortet mir Hartmann.

„Gut, was sind die Punkte?" versuche ich, die Befragung abzukürzen.

„Gut, Herr Pfeiffer," fängt Sanchez leicht verärgert an, „was haben Sie im Wald gemacht und wieso haben Sie am ganzen Körper so stark gezittert?"

Jetzt brauche ich eine gute Ausrede. Was erzähle ich bloß?

„Nunja," fange ich an, „das ist mir ein wenig pein- lich, aber ich wohne ja bei diesem Freund. Gestern Nachmittag haben wir ein wenig getrunken, Wodka und so. Nunja, irgendwann bin ich dann volltrunken auf die Idee gekommen, meine Ex-Freundin, also die vor der letzten zu besuchen. Allerdings habe ich mich dabei verlaufen, bin dann gestürzt und habe mich am Hals verletzt. Ich bin dann liegen geblieben und habe dort geschlafen, da es in der Zwischenzeit dunkel ge- worden ist. Das Wetter ist aktuell ja auch gut dafür. Und naja, mein Schal ist jetzt halt blutig, aber mir geht es wieder gut, wirklich."

„Ok," bestätigt Hartmann.

Sanchez unterbricht ihn unmittelbar, „können Sie den Schal bitte abnehmen und auch die Mütze?"

„Nunja," versuche ich das unvermeidbare zu ver- hindern, Zeit zu gewinnen „ich würde die Blutung am Hals ungerne wieder auslösen. Sie kennen ja die Wir- kung von Alkohol im Blut. Der Schal scheint es ir- gendwie zu stoppen."

Auf einmal klopft es an der Tür. Eine junge Frau mit mittellangen offenen, hellblonden Haaren und hellblauen Augen schaut hinein.

Sie fordert die beiden Kommissare auf, „könnt ihr mal bitte herauskommen? Der Boss will euch sehen."

„Ok," bestätigt Hartmann und steht auf.

Sanchez zögert noch. An der Tür angekommen fordert Hartmann seine Kollegin auf, „Frau Polizeioberkommissarin, kommen Sie bitte?"

„Ja, ja, ich komme ja," antwortet Sie widerspenstig und noch etwas genervter, „Herr Pfeiffer, wir sind hier noch nicht fertig. Bis gleich."

Sie schließt die Tür hinter sich. Scheiße, was mache ich jetzt bloß? Wie kann ich meine Geschichte aufrechterhalten? Das letzte was ich jetzt benötige ist, dass das Kartenhaus zusammenbricht. Den zentralen Venenkatheter und die Wunde mit Klammern an meinem Kopf kann ich wohl kaum verheimlichen.

Sehr kurze Zeit später öffnet die Tür wieder. Die blonde, hübsche junge Polizeibeamtin tritt hinein.

„Tragen Sie Handschellen?" fragt sie mich,

Ich verneine, „nein."

„Gut," bestätigt sie, „dann stehen Sie schon auf. Ich bringe Sie hier raus."

Hoffnungsvoll stehe ich auf, oder ist das nur eine Falle, ein Versuch, mich der Partei auszuliefern? Ist das ein blonder Engel oder ein als Engel getarnter Teufel?

Wie dem auch sei, ich habe keine Chance, wenn ich die Mütze und den Schal abnehme, falle ich gegenüber Sanchez auf. Das kann ich nicht riskieren. Sanchez vertraue ich überhaupt nicht, komische Frau.

Ich muss aber auch manchmal an das Gute im Menschen glauben, sowie an das Gute in diesem blonden Engel. Was für eine andere Chance habe ich auch? Ich folge ihr unmittelbar.

„Wieso machen Sie das?" frage ich nach.

„Ich bin mit Ihnen verbunden," antwortet Sie, „ich will, dass Sie sicher sind. Wir sind Teil einer Untergrundarmee gegen die feindliche Übernahme der sozialistischen Partei. Sie scheinen vieles vergessen zu haben. Mehr müssen Sie im Moment noch nicht wissen."

Am Hauptausgang angekommen kommentiert sie, „an der Straße gehen Sie links," und drückt mir heimlich einen Zettel in die Hand.

Auf ihrem Namensschild erkenne ich noch schnell ‚Lehmann', bevor ich das Revier eilig verlasse und der Straße links folge. Erst jetzt entfalte ich den Zettel. Dort steht geschrieben, „folge der Karlstraße links. An der Müggelheimer Straße wieder rechts und an der Wendenschloßstraße links. Vor der Wendenschloßstraße 98 steht ein Transporter. Dieser wird dich in unseren Unterschlupf, in Sicherheit bringen."

Ok, was soll ich machen? Kann ich ihr trauen oder nicht? Was wenn Sie von der Partei kommt und was bedeutet, sie ist mit mir verbunden? Was für eine Untergrundarmee? Das klingt auch alles verdächtig. Was haben die mit mir gemacht? Habe ich vielleicht einen GPS-Empfänger oder einen RFID-Chip in den Kopf implantiert bekommen? Bin ich überhaupt irgendwo sicher oder bringe ich mein komplettes Umfeld in Gefahr?

Im schnellen Schritt folge ich der Karlstraße nach links. Am Ende gehe ich wieder links in die Müggelheimer Straße. Vielleicht finde ich irgendwo einen Unterschlupf, ein Versteck auf dem Weg. Dieser Straße folge ich einige hundert Meter im schnelleren Gang.

Links passiere ich einen See oder eine Flussmündung und einen kleinen Park, bevor ich über eine Brücke gehe.

Hinter der Brücke wechsle ich hastig nach rechts. Ich achte nicht mehr auf die Straßennamen, muss mich nur irgendwo verstecken. Die Straße führt automatisch nach links in einen Park. Der Park grenzt an einem Fluss. Zu offen ist die Sich hier. Bald gehe ich nach links in eine neue Straße und die nächste Straße wieder nach rechts.

An einer kommenden Kreuzung erkenne ich junge Leute mit Rucksäcken. Sie gehen nach links in eine Straße. Sind das vielleicht Studenten? Oder Personen die zur Arbeit gehen?

Ich folge ihnen. Nach fünf weiteren Minuten führen sie mich direkt an eine S-Bahn-Station. „Berlin-Spindlersfeld" steht auf dem Schild der Station. Ich versuche, mich immer im toten Winkel der Überwachungskameras aufzuhalten. Dieses Risikopotential hatte ich nicht bedacht.

Am Kartenautomat hole ich mir ein Ticket und verschwinde in den nächsten Zug, in einen möglichst vollen Wagen, möglichst versteckt von den Kameras. Die Nervosität begleitet mich stets. Umso vorsichtiger verhalte ich mich.

Beim Blick auf die Karte des Bahnnetzes fällt mir sofort eine Station stärker ins Auge als Andere: „Gneisenaustraße"

Dort werde ich mich jetzt hinbewegen. Vielleicht erinnere ich mich dort ja an etwas. Am Bahnhof Berlin-Neukölln wechsle ich in die U-Bahn und steige an der Gneisenaustraße aus.

Neue Einsichten

Noch in der U-Bahn-Station fällt mir eine größere Landkarte in einem Schaufenster auf. Mit meinem Gesicht von den Kameras abgewandt, begebe ich mich dort hin.

Auffällig ist der rote Kreis. Dieser kennzeichnet meinen aktuellen Standort, aber wo ist die Riemannstraße?

Berlin ist schon verdammt groß. Es wirkt auf mich, als suche ich hier eine Nadel in einem Heuhaufen. Vielleicht sollte ich einfach ein Internetcafé aufsuchen, aber dafür ist es wohl noch zu früh, ist ja gerade mal 06:30. Außer mir sind noch einige andere hier, wahrscheinlich Personen auf dem Weg zur Arbeit.

In der Hoffnung auf wiederkehrende Erinnerungen schaue ich weiter auf die Karte Erinnerungen. Wie lange sollte ich hier aber noch bleiben? Ich fühle mich an diesem Ort nicht sicher, Kameras links und rechts, ich weiß nicht, wem ich trauen kann.

Auf der Karte lese ich, Gneisenaustraße, Zossener Straße, Bergmannstraße, Mehringdamm, hey, dort zwischen Bergmannstraße und Gneisenaustraße ist eine kleinere Straße, die Riemannstraße.

Den nächsten Ausgang aus der Station nehme ich. Und gehe die Treppe schnell hoch. Links gibt es einen kleinen Dönerstand, aber der hat noch geschlossen.

Gerne würde ich jetzt so etwas Anonymes essen, aber egal.

Vor mir liegt eine Kreuzung mit Ampeln, Geneisenaustraße Ecke Zossener Straße. Die Zossener Straße gehe ich links hoch. Rechts und links gibt es einige Geschäfte, aber alles hat zu, außer einer Bäckerei. Ich hole mir schnell ein Croissant und gehe weiter.

In der ersten Straße rechts geht es in die Riemannstraße. Ich überquere auch die Zossener Straße und biege in die Riemannstraße ab. Ist dies mein zu Hause? Mir kommt nichts bekannt vor, rein gar nichts.

Voller Aufmerksamkeit folge ich der Straße. Gibt es irgendwo auffällige Personen in Autos? Es ist niemand außer mir auf der Straße oder in einem Fahrzeug. So folge ich der Straße weiter auf der Suche nach der Hausnummer 19.

Eine kleinere Kreuzung überquere ich noch. Links an der Kreuzung befindet sich ein Restaurant, wahrscheinlich italienisch. An dieser Stelle der Riemannstraße dürfen keine Autos passieren. Es ist eine Art Fußgängerzone. Für wenige Meter.

Noch in diesem Bereich auf der linken Seite erkenne ich die Hausnummer 19. Hoffnungsvoll, aber irgendwie auch ängstlich gehe ich voran zur Klingel und suche nach meinem Namen, Pfeiffer.

Reihe für Reihe gehe ich die Klingelschilder durch, bis ich meinen Nachnamen finde. Ich wohne wohl im ersten Stock des linken Seitenflügels. Ein Nachname meiner Freundin steht dort nicht. Wohnt sie hier vielleicht nicht oder sind wir sogar verheiratet?

Es wird seltsam sein, oben anzukommen, aber ich will sie nicht in Gefahr bringen. Ich habe sie sicherlich geliebt, bevor ich mein Gedächtnis verloren habe, oder wohne ich hier allein und niemand wird mir öffnen?

Ich werde es nur herausfinden, wenn ich es ausprobiere. Also klingle ich, einmal, zwei Mal lange und ich warte.

Nach kurzer Zeit tönt aus der Sprechanlage eine freundliche, verschlafene und irgendwie auch bekannte Stimme, „ja, wer ist da?"

„Ich bins," sage ich und ein Summen ertönt. Ich drücke die Haustür auf. Die Wände scheinen frisch gestrichen zu sein. Der Duft von Farbe liegt noch in der Luft. Ich gehe weiter in den Innenhof. Auf der linken Seite gehe ich die Treppe hinauf. Noch ist alles fremd für mich. Im ersten Stockwerk steht es wieder auf der rechten Seite, „Pfeiffer". Kurz bevor ich klingeln kann, öffnet sich die Tür.

„Micha?" begrüßt mich die Frau, welche ich vorher auf meinem Display gesehen habe, „du bist schon wieder zurück von der Geschäftsreise? Wie siehst du eigentlich aus und wo ist dein Gepäck? Komm erst mal hinein."

Sie öffnet die Tür komplett. Ich trete hinein. Hinter der ersten Tür rechts verbirgt sich eine Küche. Die Frau geht vor in den Raum hinein. Ich folge ihr.

„Setz dich," bietet sie mir an, mich zu setzen. Ich setze mich, wie auch sie.

Beim näheren Anblick kommt mir diese Person sehr bekannt vor. Ihr Haar ist dunkelblond und noch durcheinandergeworfen vom Schlaf. Um ihre grünbraunen Augen hat sie leichte Augenringe. Ihre Nase und Lippen sehen für mich einfach perfekt aus. Sie trägt eine helle, kurze Short in Rosa und ein weißes Shirt.

Sie greift meine Hand und sagt, „Micha, jetzt sag schon, was ist mit dir passiert und was ist das für Kleidung?"

„Ich weiß es nicht," antworte ich, „und ich will dich nicht in Gefahr bringen. Ehrlich gesagt weiß ich nichts mehr von vorher und dein Gesicht ist das Erste überhaupt, was mir bekannt vorkommt."

„Wie du weißt es nicht?" Hakt sie besorgt noch, „kennst du mich nicht mehr?"

„Dein Anblick löst besondere Gefühle, Liebe und Fürsorge in mir aus, aber," erkläre ich, mache eine kurze Pause und nehme Schal und Mütze ab, „aber ich weiß nicht mehr wer du bist, nicht einmal wer ich bin."

„Oh mein Gott," steht sie erschrocken auf, „was ist mit dir passiert? Hattest du einen Unfall?"

Sanft streicht sie durch mein Haar und kommentiert noch einmal, „mein armes Bärchen, was ist dir bloß passiert?"

„Ich weiß es nicht," beteuere ich erneut, „ich bin so aufgewacht und geflohen. Ich glaube, ich wurde entführt und ich glaube, wir sind hier nicht in Sicherheit. Wir müssen fliehen, ganz weit wegfliegen, aber getrennt. Ich muss hier Sachen erledigen, aber ich will dich in Sicherheit wissen."

„Ok, ok, aber lass mich zumindest den zentralen Venenkatheter entfernen," reagiert sie überraschender Weise gefasst, „und auch die Kopfwunde sieht schon gut aus. Die Klammern können auch raus."

„Wieso kennst du dich so gut aus?" Frage ich sie.

„Stimmt ja, du weißt es nicht mehr," erklärt sie, „ich bin Krankenschwester."

Endlich spüre ich ansatzweise das Gefühl von Geborgenheit und Sicherheit, auch wenn ich nicht in Sicherheit bin. Diese Frau ist definitiv gut für mich. Sie ist mein Glück.

Sie verlässt den Raum kurz und kommt mit einer kleinen Zange, einem Pflaster und einer kleinen Schere wieder.

Mit großer Ruhe und Sicherheit zieht sie mir den Katheter und die Klammern. Dann desinfiziert sie alles noch einmal und verbindet die Wunden sauber. Gerade das Entfernen der Klammern zwischen den nachwachsenden Haaren löst leichte Schmerzen aus.

„Danke, mein Schatz," bedanke ich mich und fahre nervöser werden fort, „jetzt müssen wir aber los. Du solltest irgendwo hinfliegen, weit weg, in Sicherheit, in ein nichtsozialistisches Land. Packe schnell ein paar Sachen und raus hier. Am besten hebst du so viel Geld wie möglich ab und zahlst nur noch in bar. Sonst können sie dich vielleicht orten. Lass uns beeilen."

„Ganz ruhig," versucht sie, mich zu beruhigen, „ich hatte dich für verrückt gehalten, aber kurz nach deiner Abreise hattest du mich angerufen und gebeten, Sachen zu packen und viel Bargeld zu besorgen, damit wir schnell fliehen können. Es ist alles vorbereitet. Aber sag mir, warum können wir nicht als Familie zusammen fliehen?"

Ich schaue sie an und flüstere unter stärker werdenden Emotionen, „ich weiß nicht, was in meinem Kopf ist, vielleicht eine Art Ortungssender. Mit mir wärst du nicht in Sicherheit."

„Aber Samantha kommt doch mit mir, darauf bestehe ich dann," erwidert sie.

„Samantha?" Frage ich kurzerhand nach.

„Ja, Samantha, unsere Tochter," bestätigt sie.

„Tochter? Wir? Ja klar, nein, sie muss auch in Sicherheit sein. Wie heißt du eigentlich?" Hake ich nach.

„Ich heiße Lisa und da du es wohl nicht mehr weißt, wir werden nach Israel fliegen, bei Freunden unterkommen. Alles ist bereit, oder zumindest sind unsere Freunde vorgewarnt. Wir werden über nicht registrierte Telefone in den Koffern in Verbindung bleiben können, wenn du es für sicher hältst," klärt sie mich auf, steht auf und geht in Richtung Tür.

„Na komm schon, ich trage bestimmt nicht alle Koffer und Samantha," fordert sie mich auf.

Sofort springe ich auf und folge ihr. Zusammen gehen wir ins Schlafzimmer. Sie holt zwei große Koffer aus dem Kleiderschrank. Ich nehme beide und stelle sie in den Flur. Lisa geht in einen anderen Raum. Ich folge ihr alsbald möglich. Lisa nimmt die kleine Samantha vorsichtig aus dem Bett.

Samantha ist wunderschön, so süß, klein und noch so verletzlich. Ich schätze, sie ist noch nicht einmal ein Jahr alt. Die hellblonden Haare auf dem Kopf fangen langsam an zu wachsen. Sie hat eine kleine Stupsnase und ein noch so unschuldiges Lächeln.

„Gib sie mir, ich halte sie," fordere ich Lisa sehnsüchtig auf, „dann kannst du dir was Anderes anziehen."

Ein erleichtertes Lächeln erobert Lisas so wunderschönes Gesicht. Sie reicht mir unsere Tochter. Samanthas nähe fühlt sich so großartig an, so unglaublich warm ist sie. Ihre kleinen Hände liegen auf meiner Brust. Voller Geborgenheit und entspannt legt die Kleine auch ihre rechte Gesichtshälfte auf meine Brust. Sie scheint sich sicher zu fühlen und schläft direkt wieder ein. Das fühlt sich so unglaublich toll an.

Trotz der dreckigen und wahrscheinlich stinkenden Kleidung, die ich trage, scheint Samantha sich mit mir immer noch geborgen und in Sicherheit zu fühlen. Auch für mich ist das ein unglaublich gutes Gefühl. Sie lässt mich einfach alles um mich vergessen. Ich verliere mich im Moment.

„Micha, lass uns los," fordert mich Lisa von hinten auf, „wenn wir in Gefahr sind, sollten wir keine Zeit verlieren. Gib mir Samantha, ich werde sie in meinem Beutel tragen. Trägst du die Koffer runter? Schaffst du das?"

„Ja klar," antworte ich und reiche Samantha schweren Herzens zurück an Lisa, die Frau, die ich liebe. Da bin ich mir sicher, das spüre ich noch.

Lisa übernimmt unsere Tochter sicher und trägt sie in einem Beutel vor ihrer Brust. Ich nehme die beiden Koffer und trage sie mühsam die Treppe hinunter. Zum Glück wohnen wir im ersten Stockwerk und nicht weiter oben.

Gemeinsam verlassen wir das Gebäude. Ich bringe die beiden, mein Leben, noch zur U-Bahn-Station Mehringdamm, wo sich unsere Wege trennen.

Meine Lieben fahren zum Flughafen Tegel, ich mache mich zu Fuß auf den Weg in eine andere Richtung, jetzt mit einem Koffer, aber wo soll ich hin? Zunächst folge ich der Gneisenaustraße weiter, die jetzt aber Yorckstraße heißt.

Wieder schwelge ich in Gedanken. Soll ich wirklich versuchen, diese Partei, die Bösen, allein zu bekämpfen oder soll ich nach Verbündeten Suchen? Vielleicht finde ich ja bei der Partei der Kanzlerin Zuflucht und Unterstützung. Oder ist dies ein Kampf, den ich nicht gewinnen kann? Ist es ein Kampf gegen einen übermächtigen Gegner? Sie scheinen inzwischen Unterstützung in weiten Bevölkerungsschichten sowie auch im Ausland zu haben. Vielleicht wäre es ja das Beste, irgendwie einen Fluchtweg nach Israel zu finden, mit meiner Familie zu leben, meine Familie neu kennenzulernen und mit diesem Land einfach abzuschließen.

Nein, ich kann nicht einfach aufgeben. Es wäre zu egoistisch von mir, nur an mich und meine Familie zu denken. Ich kann das Land, mein Vaterland nicht einfach aufgeben. So viele unschuldige und auch unwissende Menschen gibt es hier. Ich muss etwas unternehmen, aber was? Und wo soll ich jetzt bloß unterkommen?

Um etwas unauffälliger zu sein, folge ich bald einer weniger befahreneren Straße halb nach rechts. Zwischen den beiden Fahrbahnen ist ein kleiner Streifen mit Park und Spielplatz. Das ist echt schön umgesetzt. Am Ende der Straße führen längliche, leicht rötliche Stufen nach oben in einen Park, „Park am Gleisdreieck" steht dort auf einem stählernen Schild am Eingang.

Einige Personen gehen hier zu dieser frühen Stunde mit ihren Hunden Gassi. Andere laufen oder machen Yoga auf der Wiese. Sie folgen ihren täglichen ritualen und haben wahrscheinlich keine Ahnung von dem, was auf sie zukommen könnte. Aber wie soll ich sie überzeugen? Beweise habe ich nicht. Nur mein Wort und sie erklären mich wahrscheinlich für verrückt.

Ich betrete den Park. Er ist sehr weitläufig. Auf der rechten Seite gibt es ein Café, aber es ist noch nicht geöffnet. Zu früh ist es noch. Wenige Meter weiter gibt es eine Betonfläche, auch mit Sitzmöglichkeiten. Ich glaube, dort könnte ich unauffällig ein wenig sitzen, warten bis das Café öffnet. Inzwischen habe ich großen Kohldampf.

Also ziehe ich meinen schweren Koffer hinter mir her dort hin. Hinter die Betonklötze am Ende der Fläche setze ich mich in den Schatten, im Schutz vor der Sonne und vor den Augen der Passanten.

Ich öffne den Koffer. Endlich saubere Kleidung. Schnell ziehe ich mir meine eigene, saubere Kleidung an, sowie eine Kappe und eine Sonnenbrille. Das Pflaster an meinem Hals ziehe ich ab und verstaue es in einer herumliegenden Plastiktüte.

Was ist sonst noch im Koffer? Ein Mobiltelefon und Ladegerät, eine SIM-Karte, ein Notebook, eine Armbanduhr, eine Deutschlandkarte, aber auch Bargeld, Papiere, scheinbar ein gefälschter, israelischer Reisepass und ein Dienstausweis. Außerdem ist hier noch ein Zettel mit verschiedenen Buchstaben- und Zahlenkombinationen, aber was ist das? Sind das Passwörter?

Ein Anblick des Dienstausweises verschlägt mir meine Sprache. Arbeite ich für das Bundesamt für Verfassungsschutz? Bin ich vielleicht ein V-Mann, gewesen? Gesicht und Name passen. Sollte ich dort hin? Kann ich denen überhaupt trauen? Was ist, wenn ich von Kollegen verraten worden und deshalb aufgeflogen bin? Nein, es ist definitiv zu früh, dort anzufangen, denen zu vertrauen. Dazu weiß ich zu wenig.

Vollkommen erschöpft lehne ich mich zurück und schlafe ich wieder ein.

Nach gefühlt keiner Zeit stupst mich jemand an. Ich habe mich inzwischen unterbewusst hingelegt. Um mich herum höre ich Kinder und Hunde bellen. Viel mehr Leben ist hier auf einmal im Park.

Über mir ist ein bekanntes Gesicht. Wer ist sie? Verdammt, das ist doch die Lehmann aus dem Polizeirevier früher heute.

Reflexartig rücke ich zurück nach hinten und frage, „was wollen Sie von mir? Wie haben Sie mich gefunden? Wer sind Sie? Sind Sie nicht die Lehmann des Polizeireviers?"

„Guten Morgen Herr Pfeiffer," antwortet sie und legt ihre Hände vorsichtig auf meine, „keine Angst, alles wird gut. Mein Name ist nicht Lehmann und ich bin nicht bei der Polizei, zumindest nicht bei der deutschen. Mein Name ist Sophie van der Meer. Ich komme von Europol und ermittle hier verdeckt mit einer kleinen Gruppe von Kollegen gegen eine radikalisierende Gruppierung, die scheinbar von einer automatisierten Verbreitung von Falschnachrichten Gebrauch macht, um ihre Standpunkte in der Bevölkerung zu verankern. Wir sind quasi eine kleine, aber bald hoffentlich auch effektive Untergrundarmee. Hier sind wir unter uns, aber global bereits größer."

Sie legt eine kurze Pause ein. Ich beruhige mich etwas, woraufhin Sophie fortsetzt, „wir sind über einen Chip im Kopf verbunden. Vielleicht haben Sie bereits Träume wahrgenommen, die sich real anfühlen. Dies sind Kollegen im Ausland, von kooperierenden Geheimdiensten im Kampf gegen vergleichbare Gruppierungen. Sie rufen somit nach Unterstützung."

Nach einer kurzen Pause setzt sie fort, „Herr Pfeiffer, Sie wurden von der Gruppierung gefangengenommen. Ihnen wurde offenbar ein ähnlicher Chip wie unserer implantiert. Womöglich ist dies eines der ersten Testobjekte der roten Fahnen. Bitte erzählen Sie mir alles, was Sie über die Gruppierung wissen."

„Ich weiß nicht, nicht viel, noch nicht einmal ob ich Ihnen trauen kann," erkläre ich mich, „ich weiß noch nicht einmal wer ich bin oder wie ich in das Gebäude dort gekommen bin. Deshalb bin ich vor Angst geflohen und habe sogar mein Handy, alles was mich an meine Vergangenheit hätte erinnern können verloren. Ich weiß nicht, was ich Ihnen sagen kann."

„Ok," erzählt sie weiter, „die Gruppierung scheint in Deutschland unter dem Decknamen GegenKa zu agieren. Sagt Ihnen das etwas?"

„Selbst, wenn," erkläre ich, „wieso sollte ich Ihnen trauen?"

„Wenn ich sie ausschalten wollte, hätte ich Ihnen hier im Versteck schon längst ein tödliches Elixier spritzen können. Wir benötigen wirklich lediglich ihre Unterstützung. Wir werden Sie danach auch in Sicherheit bringen," versucht sie, mich zu überzeugen.

„Ok, ich denke, Sie sind die einzige Chance, die letzte Hoffnung, die ich habe," beginne ich, „also wie gesagt, was vor dem Erwachen an diesem Ort dort drüben war, weiß ich nicht. Mein Gedächtnis ist wie formatiert. Allerdings habe ich in dem Koffer einen Dienstausweis vom BfV gefunden. Scheinbar arbeitete ich auch für einen Geheimdienst. Aus dem Gebäude in Frankfurt (Oder) bin ich durch einen Wäscheschacht geflohen. Über einen Zwischenhalt war ich wohl in einem Presseraum. Das gesamte Gebäude wird scheinbar von der sozialistischen Partei kontrolliert. Aus diesem Raum werden Artikel veröffentlich und mit Hilfe von Bots und diversen Profilen in den sozialen Medien in den Suchmaschinen und in den Köpfen der Menschen nach ganz oben befördert. Alles wohl zum Wohle der Partei. In einem E-Mail-Betreff hatte ich gelesen, dass die GegenKa wohl eine

Art exekutive der sozialistischen Partei ist. Im Keller des Gebäudes habe ich viele Kartons mit slawischer Aufschrift gefunden. In den Kartons habe ich Propagandamaterialien, aber auch technische Geräte gefunden. Scheinbar wird die Partei aus dem Ausland unterstützt. In den E-Mails glaube ich gelesen zu haben, dass die Partei wohl auch international Partner hat. Irgendwie habe ich es rausgeschafft. Ich hatte von all dem Fotos gemacht, aber als die mich über mein Handy geortet und fast erschossen haben, habe ich es weggeworfen und bin geflohen, hierher, wo ich auf der Polizeiwache meine Adresse herausgefunden habe, woher ich mir jetzt einen Koffer mit Sachen geholt habe."

„Ja ich weiß, eine süße Tochter haben Sie da," antwortet Sophie, „ich habe Kollegen darauf angesetzt, alle Gefahren von deinen beiden Lieben abzuwenden. Am Flughafen übernehmen dann Kollegen vom Mossad. Machen Sie sich keine Sorgen. Von mir aus können wir uns auch duzen."

„Ja gerne," bestätige ich, „und danke, ich glaube, die beiden sind mir sehr wichtig."

Sophie schaut sich um und sagt, „ok, Michael, ich muss jetzt auch weiter. Ich kann dir vorschlagen, deinen Koffer mitzunehmen, aber wir haben hier nur einen Zweisitzer, mein Kollege und ich."

Sie drückt mir einen Zettel in die Hand, „nimm aus dem Koffer was du benötigst und komme heute Abend gegen 19:00 zu der Adresse auf dem Zettel."

„Ok, gerne," bestätige ich, nehme das Mobiltelefon, Ladekabel, SIM-Karte, den israelischen Pass und Geld aus dem Koffer und schließe ihn.

Sophie nimmt den Koffer und verschwindet aus dem Park. Ich setze mich in das anliegende Kaffee.

Im Café bestelle ich erst einmal ein deftiges Frühstück und einen starken Kaffee. Voller Genuss esse ich diese erste Mahlzeit seit einer Ewigkeit. Dies ist die erste richtige Mahlzeit, an die ich mich erinnere. Und entweder ist es nur der große Hunger oder eine großartige Qualität des Essens, aber es schmeckt mir fantastisch.

Ich entspanne hier noch ein paar Stunden weiter und trinke einige Säfte. Nachdem Hunger und Durst gelöscht sind, öffne ich den Zettel, den mir Sophie zugesteckt hat. Ich soll in die Pestalozzistraße Nummer 72, dritter Stock, bei „Brachmann". Dann steht hier noch „U-Bahnhof Wilmersdorfer Straße". OK, ich werde noch genug Zeit haben, die Adresse zu finden. Zunächst einmal gönne ich mir und meinen Muskeln ein wenig Ruhe.

Bereits etwas entspannter schaue Ich zu, was im Park passiert. Einer Gruppe von Kindern wird scheinbar die Bedeutung der Straßenzeichen beigebracht. Weiter hinten auf der Wiese liegen die ersten Leute schon wieder in der Sonne. Andere Kinder spielen Fangen oder Verstecken.

Die Stimmung ist gut, so unschuldig und hoffnungsvoll. Die Sonne macht die Menschen glücklicher. Sie genießen ihr Leben, wissen aber wohl nichts von dem, was auf sie zukommt. Selbst wenn sie schon glaubten, davon zu wissen, wären sie vielleicht von Falschmeldungen und Irreführung gesteuert. Sie wüssten wohl nicht, dass eine Gruppe von Menschen sie mit Unterstützung der Technik und ausländischer Regierungen in eine bestimmte Ecke drängen will. Sie realisieren das vielleicht nicht und wenn sie darauf angesprochen werden würden, würden sie mir wohl nicht glauben und sich selbst als stabil, kritisch und gut bewandert beschreiben. Vielleicht wären die radikalen und schlichtweg falschen Meldungen bereits zu sehr verinnerlicht.

Ok, zugegebenen: Es klappt hier nicht. Trotz der Hoffnung, die ich jetzt dank Sophie habe, gelingt es mir immer noch nicht, zu entspannen. Vielleicht sollte ich mir ein Bett suchen, in einem Hotel oder so. Einen zweiten Pass habe ich jetzt ja. Mein israelischer Deckname ist Simon Farhi.

Also bezahle ich und frage nach der nächsten U-Bahn-Station. Sie leitet mich zum U-Bahnhof Yorckstraße.

Gemütlich spaziere ich dorthin, in meiner neu gewonnenen gefühlten Anonymität zwischen den Menschen, die sich hier im Park aufhalten.

Auf dem Weg finde ich auch einen Wasserspender. Ich nutze ihn, um meine Hände und mein Gesicht einmal gründlich zu waschen. So fällt der Dreck des letzten Tages langsam, aber sicher ab. Endlich kann ich mich auch in ein Hotel trauen.

In unmittelbarer Nähe zum Bahnhof erkenne ich einen türkischen Friseur. Ich betrete den Laden.

Ein Mitarbeiter lädt mich direkt auf einen Stuhl ein und fragt, „hallo, wie kann ich es Ihnen schneiden?"

Ich nehme meine Kappe ab und antworte, „ich komme gerade aus dem Krankenhaus, bitte einmal komplett auf fünf Millimeter kürzen."

„Sehr gerne," bestätigt Mustafa. Das ist der Name auf dem Kittel, den er trägt.

Bereits nach fünf Minuten ist Mustafa fertig und hält mir einen Spiegel hin, um mir auch die Rückseite meines Kopfes vorzuführen.

„Sehr schön," antworte ich. Mustafa nimmt den Kittel von mir und wir gehen zur Kasse.

„Sagen wir mal zehn Euro," bietet er mir.

Ich gebe ihm einen Zwanziger und sage „stimmt so, einen schönen Tag noch."

„Danke Ihnen auch," ruft er mir zu, während ich den lade schon verlasse.

In der Bahnstation erkenne ich, dass ich bereits in der richtigen U-Bahn-Linie bin. Ich prüfe, ob ich meine Tageskarte noch habe, finde sie und steige in die Bahn. Natürlich trage ich weiterhin eine Mütze, halte ich mein Gesicht möglichst immer von den Kameras entfernt. Vielleicht hilft mir unterbewusst auch das Training, welches ich durch meinen Job bekommen haben müsste, abzutauchen.

In der Wilmersdorfer Straße angekommen, finde ich in der Krumme Straße direkt ein Hotel. Dort haben sie haben noch ein Einzelzimmer frei. Ich checke mit dem israelischen Pass ein, begebe mich in mein Zimmer, lege mich aufs Bett und schlafe direkt ein.

Wieder habe ich einen dieser so realen Träume. Passiert dies wirklich gerade irgendwo auf der Welt? Wie viele von uns gibt es bereits dort draußen?

Der Traum verläuft wie folgt:

Ich stehe in einer Menschenmenge. Um mich herum stehen tausende anderer Menschen. Alle schauen auf eine Leinwand. Hier wird ein Fußballspiel draufprojiziert. Die Beschriftung ist auf Koreanisch. Ich glaube, diese Lesen zu können. Es spielen Nordkorea gegen Venezuela und Nordkorea führt drei zu null. Die Leute jubeln. Sie freuen sich, sind wohl stolz auf ihr Land.

Auf einer Bühne unterhalb der Leinwand hängen Plakate. Auf Ihnen steht auch auf Koreanisch „Fußball Weltmeisterschaft 2022 in Katar, Halbfinale Nordkorea gegen Venezuela."

Auf einmal wechselt aber die Anzeige. Was passiert hier? Plötzlich spielen Brasilien gegen Portugal. Die Leute um mich herum sind verwundert. Es fallen Schüsse im Hintergrund, kurz bevor die Projektion endet.

Was ist hier denn jetzt passiert? Kreiert die nordkoreanische Regierung sogar ihre eigenen Nachrichten und Sportereignisse? Wurde das System hier einfach mal gehackt? Passieren diese Träume wirklich? Ist das alles Realität?

Auf jeden Fall werde ich durch das Klingeln des Zimmertelefons neben mir geweckt.

Langsam hebe ich ab und melde mich, „ja?"

„Hallo Michael, hier ist Sophie," ertönt die Antwort, „ich habe gesehen, dass du eingecheckt hast. Die Rezeption hat mich durchgestellt. Ich wollte dich nur wecken. Es ist jetzt 18:00. Also hast du noch eine Stunde Zeit, um dich frisch zu machen und was zu essen. Bis gleich."

Halb verschlafen bestätige ich den Plan, „ok, danke."

So stehe ich auf. Es ist schon irgendwie seltsam und beängstigend, dass Sophie sehen kann was is sehen. Wie dem auch sei, ich nehme erst einmal eine frische Dusche, hole mir einen Döner in einem Imbiss unterhalb der S-Bahn-Brücke und mache mich auf den Weg in die Pestalozzistraße.

Träume werden wahr

Etwas versteckt finde ich das Klingelschild „Brachmann". Ich drücke auf die Klingel und schon bald ertönt das Summen. Niemand fragt wer ich bin. Ist dies das pure Vertrauen oder ein Resultat der Gehirnverbindung die wir zu habe scheinen.

Noch ein wenig vorsichtig steige ich langsam die Treppe hinauf.

An der Tür begrüßt mich Sophie mit einer Umarmung, „hallo Michael, schön, dass du uns endlich besuchen kommst. Komm rein."

Etwas verunsichert folge ich ihr in die Wohnung. Sie schließt die Tür wieder und zieht mich weiter in die Wohnung in eine Art Büro.

An den Außenwänden stehen fünf Schreibtische. An dreien sitzen drei Männer. In der Mitte des Raumes steht ein runder Tisch mit fünf Stühlen. Alles ist in einem hellen Holz-Ton gestaltet. Die Stühle sind schwarz, einfache schwarze Holzstühle, nach dem Motto, bloß nicht zu viel Aufmerksamkeit beim Einkauf erregen.

Am Boden liegt Laminat. In der Mitte des Raumes, also unterhalb des Tisches liegt ein runder weißer Teppich. Die Fenster sind mit weißen Jalousien abgedunkelt. Das Licht kommt von der Lampe an der Decke.

„Michael, danke für dein Vertrauen," beginnt Sophie die Einführung, „zunächst einmal kann ich dir mitteilen, dass deine Frau und Kind sicher bei euren Freunden angekommen sind. Unsere Kollegen vor Ort haben dies bestätigt. Gerne stelle ich dir auch das Team vor. Das sind Thomas, Giovanni, Francois und ich und ja, jetzt auch du, wenn du uns helfen willst. Für dich ist der fünfte Schreibtisch. Dies hier ist unsere Zentrale. Wir ermitteln verdeckt von hier aus, bevor wir ins Feld gehen."

Thomas sitzt entspannt an seinem Schreibtisch. Hinter ihm steht ein Notebook und ein Monitor auf dem Schreibtisch. Sein Gesicht ist glattrasiert und seine Kopfbehaarung mittellang und dunkelblond. Auf seiner Nase trägt er eine unscheinbare, rundliche Brille. Er hat die blasseste Haut von den drei Männern, wirkt aber zugleich auch am fittesten. Er strahlt eine offene, positive Energie aus.

Giovanni scheint mehr der südländische Typ zu sein, vielleicht Italiener. Er hat kurzes schwarzes Haar und trägt einen dichten Schnäuzer. Sein Hauttyp ist relativ dunkel. Im Sitzen wirkt er kleiner als Thomas und auch als Francois. Er hat auch ein Lächeln auf seinen Lippen, vielleicht ein Teil der südländischen Fröhlichkeit.

Francois hat schulterlanges dunkelblondes Haar und trägt einen Dreitagebart. Die Behaarung im Gesicht ist unregelmäßig. Er macht den jüngsten, aber zugleich auch den ruhigsten und erfahrensten ersten

Eindruck unter den Dreien. Mit einem sympathischen Selbstvertrauen ist er der Einzige, der mich parallel auch noch begrüßt, „hallo Michael, freut mich." Er spricht mit einem leichten französischen Akzent.

Alle drei, so wie auch Sophie, sind als Zivilisten gekleidet. An der Seite aller Schreibtische hängt zudem ein Brustgurt mit einer Waffe auf der rechten, sowie eine Weste, vielleicht eine Kugelsichere Weste auf der linken Seite. Dies hängt an allen fünf, nicht nur an vieren, nein, auch an meinem potenziellen Schreibtisch.

„Hallo, freut mich auch. Wobei genau kann ich euch den unterstützen?" Frage ich in die Runde.

„Wir werden sehen," antwortet Sophie, „mit deinen neuen Informationen werden wir einen Plan für eine neue Mission erarbeiten. Wir denken darüber nach, die Zentrale direkt auszuschalten, die Partei am Herzen zu treffen."

„Ja," schaltet sich Thomas ein, „denn jeder Tag der vergeht ist ein Tag mehr an dem Sie die Bevölkerung mit Lügen durchgiften, ein Tag mehr an dem unser vor wenigen Jahren noch so friedliches Land von linksterroristischen Anschlagen erschüttert werden kann."

„Ich verstehe," kommentiere ich, „aber wie ihr wisst, habe ich das meiste von dem was vorher war vergessen. Könnt ihr mich mal kurz abholen?"

„Natürlich," meldet sich Francois, „seit Jahren wird die Welt inzwischen schon von Terrorismus bedroht. Anfangs waren es Täter, welche vorgaben, einen islamistischen Hintergrund zu haben. Sie haben die Anschläge als ihren Glaubenskrieg beschrieben. Aus diesem Krieg heraus haben sich dann auch rechtsextreme Anschläge entwickelt."

„Genau," fährt Giovanni fort, „aus den Anschlägen, die von fremden Kulturen organisiert wurden, ist bei vielen Menschen eine Fremdenangst und infolgedessen ein Fremdenhass entstanden. Die neuen Anschläge waren gegen Asylbewerberheime, Moscheen und andere Aufenthaltsorte von Personen aus dem Nahen Osten gerichtet. Der Staat hat sich darauf konzentriert, diese beiden Arten des Terrorismus anzugehen. In den letzten Jahren wurden die meisten Terrorzellen erfolgreich zerschlagen."

„Was dabei allerdings übersehen wurde," schließt Thomas an, „ist die Gefahr, die aus der linksradikalen Ecke ausgeht. Es gibt zwar schon seit Ewigkeiten scheinbar gesetzesfreie Räume, wie in der Rigaer Straße in Berlin, also Gebäude die von linksradikalen besetzt wurden, die für sich die Gesetze nicht beachten und gegen die auf Basis politischer Entscheidungen nicht vorgegangen wurde, selbst wenn sie aktiv Polizisten angegriffen, angezündet oder mit Steinen beworfen haben."

Ich nehme einige Tränen war, die bei ihm Kullern. Thomas schaut bedrückt auf den Boden.

Sophie schaltet sich ein, „ja, leider hat Thomas bei einem dieser Übergriffe bereits früh seine große Schwester verloren. Bereits seit Ewigkeiten zünden diese linksradikalen Terroristen auch Autos auf offener Straße an. Im Laufe der Zeit hat dann die sozialistische Partei angefangen, genau diese Personen anzuwerben, sie weiter zu radikalisieren. Schnell haben sie Anhänger gefunden. Hieraus hat sich dann auch die GegenKa gebildet. Dies ist eine Vereinigung, die wie du meintest, die exekutive Kraft der sozialistischen Partei sein wird oder bereits ist. Dank dir kennen wir die Zusammenhänge beider Organisationen jetzt besser. In der Zwischenzeit haben die Terroristen sogar angefangen, Anschläge an kommerziellen Einrichtungen wie Banken zu verüben. Neuerdings werden sie sogar noch extremer. Bis vor kurzem wurden zumeist Gebäude angegriffen. Es kamen fast nur Polizisten zu Schaden, was auch schon zu viel ist. Jetzt werden aber auch kommerzielle Veranstaltungen angegangen. Die Zeit der reinen Demonstrationen gegen den Kommerz ist vorbei. Inzwischen versuchen sie, die Köpfe der Wirtschaft auszuschalten. Da die sozialistische Partei im Bundestag sowie den Landtagen immer mehr an Macht gewinnt, ist es kaum noch möglich, aktiv gegen die linksradikalen Terroristen vorzugehen. Es scheint, als breite sich der gesetzlose Raum langsam, aber sicher immer weiter aus. Deutschland oder gar Europa könnte in den kommenden Jahren der Anarchie mit sozialistischer Ausprägung verfallen."

„Das klingt schwer für dich, überein zu bringen?" stellt Giovanni eine Frage, kurz bevor er selbst antwortet, „wahrscheinlich ist das der Grund, weshalb über diese Verbindung so lange hinweggesehen wurde. Es scheint spezielle Absprachen und Vereinbarungen zwischen Partei und GegenKa zu geben. Ich kann mir vorstellen, dass die Partei der GegenKa langfristig Freiräume anbietet, wenn sie mit ihren Leuten die Verbreitung der Falschnachrichten unterstützt und aktiv gegen die vorgeht, die der ganzen Verschwörung auf die Schliche kommen. Aber das ist nur meine Theorie. Fakt ist, dass sie zusammenarbeiten, national, und sogar global mit anderen sozialistischen Gruppierungen. Wir sind eine der verdeckten Zellen von Europol, die sich hier in Deutschland für die Freiheit jedes Einzelnen und gegen den linksradikalen Terrorismus, sowie gegen eine zu Extremisierung des Staates einsetzt. Wenn es andere, wie rechtsradikale Bedrohungen gibt, gehen wir dagegen natürlich auch vor, wobei die Regierung dies auch aktiv selbst vornimmt. Wir glauben daran, dass die freie Entfaltung jedes einzelnen in einer freien sozialen Marktwirtschaft der beste Weg ist, wie es das in Deutschland leider immer weniger gibt. Der ökonomische Pfad des Sozialismus ist einfach bisher früher oder später immer gescheitert, oder die Freiheit der Menschen ist komplett eingeschränkt. Aber es gibt auch immer wieder Leute, die denken, sie würden es besser machen, besser wissen. Bewiesen hat dies noch niemand. Der Einfluss des Staates sollte möglichst geringgehalten werden. So ist unsere Auffassung. Zu viel Staat sorgt nur für zusätzliche Probleme und eine Fortschrittsbremse, siehe auch am Flughafen BER hier bei Berlin."

„Genau," schließt Francois ab, „leider ist die Falschnachrichten-Maschinerie der sozialistischen Partei erfolgreich dabei, durch Lügen an immer mehr Unterstützer und Kanäle zu gelangen. Sie verbreiten Themen wie, ‚ohne den Kapitalismus gebe es auch keine Attacken auf Unternehmen', ‚nichtstaatliche Unternehmen seien Böse und würden alles erst entfachen' und ‚wir bräuchten mehr Kontrolle durch den Staat'. Es wird im Verborgenen an einer neuen sozialistischen und im zweiten Schritt auch kommunistischen Weltordnung gebastelt. Wir sind eine der Speerspitzen. die jetzt die Freiheit verteidigen müssen."

„Wow," melde ich mich noch verblüfft zu Wort, „dieser Terrorismus scheint eine ernste Lage zu sein."

„Genau," stimmt Sophie zu, „und da du entkommen bist, wird deren Gebäude wahrscheinlich noch besser beschützt werden. Aber mache dir keine Sorgen, wir vier werden einen Schlachtplan ausarbeiten. Bei Fragen werden wir auf dich zukommen. Wir haben dir eine Reihe von Videos zusammengestellt, die die aktuelle Lage in vielen Ländern wiederspiegeln. Einige Situationen könntest du bereits gesehen haben. Du wirst aber noch sehen, je länger du den Chip implantiert hast, desto besser wirst du mit den Visionen umgehen können, sie sogar ein- und ausschalten können."

„OK, gut zu wissen, danke," schließe ich die Unterhaltung ab, während sich die vier bereits am Tisch in der Mitte zusammensetzen. Sophie breitet eine Landkarte von Frankfurt (Oder) auf dem Tisch aus.

Sie ruft mich rüber, „Michael, kannst du uns bitte noch sagen, in welchem Gebäude die Zentrale ist?"

Eifrig stapfe ich rüber. Die anderen Vier stehen bereits gespannt um den Tisch herum. Ich schaue mir die Karte an und versuche mich zu erinnern.

„Leider war ich noch sehr benommen auf der Flucht und habe mir die Taxifahrt daher nicht genau gemerkt, aber ich denke, dass das Gebäude in diesem Bereich sein muss," kommentiere ich und zeige auf einen Bereich der Karte.

Nach einer kurzen Pause setze ich fort, „das Gebäude ist definitiv mehr als fünf Stockwerke hoch und hat eine Zufahrt zum Be- und Entladen von LKWs. Die Zufahrt führt in den Keller. Diese Zufahrt liegt an einer Hauptstraße. Dies könnte euch vielleicht noch helfen."

Ich drehe mich um und gehe zurück zu meinem Schreibtisch, bevor ich mich plötzlich an ein weiteres Detail erinnere, welches ich vorher nicht bewusst wahrgenommen habe.

Dieses Detail gebe ich noch schnell preis, „und da fällt mir noch ein, in Blickrichtung vom Gebäude zur

Straße ist an der rechten Wand ein größeres rotes Graffiti. Dort steht ‚Nazis raus, Wirtschaft raus, Frieden rein'. Dies ist dort in drei Zeilen in einfacher Schreibschrift aufgesprüht."

„Ok, danke," antwortet Sophie.

Mit Spannung schaue ich mir die vorbereiteten Videos an. Das Notebook ist bereits hochgefahren. Die Playlist im Browser ist geöffnet. Ich klicke auf „abspielen".

Der Titel des ersten Videos ist „Linksextremistische Anschläge auf Wirtschaftsforen auf der ganzen Welt". Es wird gezeigt wie vermummte Personen ein Gebäude mit Backsteinen und Molotowcocktails bewerfen. In den Schaufenstern steht auf Plakaten in verschiedenen Sprachen Sachen wie „Wirtschaftsforum, gemeinsam für Innovationen", Herausforderungen gemeinsam meistern", „Unser Wirtschaftsstandort im Vergleich" und anderes.

Parallel wird es auch moderiert. Es wird erklärt, dass sich Menschen in vielen Ländern organisiert haben, um gegen wirtschaftlichen Fortschritt oder auch nur wirtschaftliche Vorträge zu demonstrieren. Leider gebe es auch einige Ausreißer, die aus der Demo heraus mit Gewaltakten agierten, aber dies seien nur Ausnahmen und es gebe kein Grund zur Sorge.

Die gezeigten Bilder sind schon heftig, der Kommentar hingegen verharmlosend. Es wird scheinbar von den Terroristen versucht, Menschen einzuschüchtern, aufgefordert, nachzugeben, mit Gewalt. Welche

Rolle die Medien im Ganzen spielen weiß ich nicht. Vielleicht liegt der Eindruck, sie würden kooperieren auch nur an diesem Video.

Das zweite Video hat den Titel „Bundesministerium für Wirtschaft in Brand gesetzt". Es werden Handy-Videos gezeigt, die zeigen, wie vermummte Personen Molotowcocktails auf das Bundesministerium für Wirtschaft, sowie auch auf umliegende Autos werfen.

Im Kommentar wird dies sachlich beschrieben. Es folgt ein Statement des Bundeswirtschaftsministers, der diesen Vorfall als ein Angriff auf den freien Willen und die Demokratie bezeichnet.

Nach diesem Statement folgt noch eine Stellungnahme einer Politikerin der sozialistischen Partei. Diese beschreibt den Anschlag als Resultat einiger getroffener wirtschaftspolitischer Entscheidungen. Die Mitarbeiter des Ministeriums seien selbst schuld und sie könne gut verstehen, dass sich das deutsche Volk endlich wehre.

Wow, ich hätte nicht gedacht, dass sich Politiker so extrem auf die Seite dieser Terroristen stellen. Wie kann das sein? Wieso wird mit Gewalt und nicht mit Worten reagiert? Ich würde mich nicht einmal wundern, wenn die Partei ihrer exekutive, der GegenKa den Auftrag zum Anschlag gegeben hätte. Weiterhin wird versucht, den Wiederstand mit Gewalt und folgenden haltlosen Anschuldigungen zu brechen.

Es folgt ein Video mit dem Titel „Schalthäuser angezündet, GegenKa legt Bahnnetze lahm". Es werden kleinere verbrannte Gebäude in der Nähe von Eisenbahnschienen gezeigt. Auf den Schienen stehen teilweise Züge, aber nichts fährt.

Im Kommentar wird beschrieben, dass die Bahngesellschaft bereits mehrere Drohbriefe erhalten hatte, sie sollten die Bahnpreise senken. Aus Kostengründen konnte dies allerding bisher nicht umgesetzt werden, weshalb sie auf die Erpresser nicht eingehen konnten. Als Folge, so wird berichtet, hätten jetzt Personen einer Gruppierung zum Wohl des Volkes, wohl eine Teileinheit der GegenKa, hart durchgegriffen, auf Deutschladebene. 80 % der Bahnlinien stünden still.

Wieder ein Beispiel, wie eine Gruppe von Menschen ihren Willen mit Gewalt durchsetzen will, ohne zu berücksichtigen, dass es bald keine Bahngesellschaft mehr geben könnte, wenn die Gesellschaft nicht wirtschaftlich handle. Was würden sie dann machen? Soll das Ziel sein, die Bahn zu verstaatlichen und den GegenKa-Mitgliedern Freifahrtscheine auszuhändigen?

Man kann viel spekulieren, aber egal, weiter geht es. Im nächsten Video wird berichtet, dass erneut ein US-Amerikaner wegen öffentlicher Anpreisung des Kapitalismus und Anfeindungen zur nordkoreanischen Regierung, wohlgemerkt, betrunken in einer Bar in Pjöngjang, zu 20 Jahren Strafarbeit verurteilt wurde. Er soll die Lügen der Regierung Nordkoreas öffentlich angeprangert haben. Die US-Präsidentin kündigte an, Gespräche mit dem nordkoreanischen Regime aufzusuchen, um eine friedliche Lösung zu finden.

Das folgende Video zeigt zunächst Demonstranten. Die meisten sind in gelb, rot und blau gekleidet. Dieses Video erinnert mich stark an einen Traum, den ich hatte.

Der Kommentar berichtet zunächst über Demonstrationen gegen die Ausbeutung der Bevölkerung durch die sozialistische Regierung. Seit mehr als 20 Jahren ginge es bereits so. Seit sechs Jahren gebe es noch nicht einmal mehr Wahlen und die letzte Wahl hätte die sozialistische Partei verloren.

Die Partei habe es geschafft, die einst florierende Wirtschaft komplett zu zerstören. Hierdurch würde es am Nötigsten fehlen. Es fehlen Medikamente, weshalb die Leute bereits an sonst ungefährlichen Krankheiten sterben würden. Es fehle das Essen und diverse andere Güter in den Supermärkten, weshalb Diebstahl und andere Kriminalität boomen. Aus einem früheren Urlaubsparadies sei ein Schrecken für Urlauber und die eigene Bevölkerung geworden. Unterstützung von gemeinnützigen Organisationen werden nicht ins Land gelassen.

Es folgen Bilder von Personen in denselben Farben, die am Boden liegen, regungslos. Es wird beschrieben, dass zwölf Demonstranten erschossen wurden, fünf weitere wurden auf Grund einer resultierenden Massenpanik todgetrampelt. Das venezolanische Regime greift immer mehr zur Gewalt, um die Macht zu erhalten. Der Präsident betonte erneut, dass alles, was er nicht friedlich umsetzen kann, mit Gewalt umsetzen werde. Seit dem Beginn der Demonstrationen im Jahr 2012 wurden wohl bereits mehr als 300 Menschen auf Befehl der Regierung umgebracht. Hierbei handle es sich nur um die, die bei Demonstrationen erschossen wurden, nicht um die zu Tode getrampelten oder Opfer außerhalb der Demonstrationen, wie erschossene Oppositionsmitglieder. Die Dunkelziffer sei wesentlich höher. Angefangen habe damals alles, als auf einer friedlichen Studentendemonstration gegen das Regime eine erste Person erschossen wurde. Seit diesem Ereignis seien die Leute mit kurzen Unterbrechungen fast täglich auf den Straßen zu demonstrieren. Der Schussbefehl wird von Polizei, Militär und einer Miliz der Regierung ausgeführt.

„Deutscher auf Kuba wegen respektlosem Verhalten in Haft," ist der Titel des nächsten Videos Es wird berichtet, dass ein deutscher Comedian während einer Reise nach Kuba in eine Radiosendung eingeladen wurde und bei einer Live-Sendung Witze über den aktuellen und vergangene Präsidenten Kubas gemacht hat.

Dies fand die Regierung nicht so lustig und hat den Comedian umgehend inhaftiert. Es wird gezeigt, wie er in Handschellen in ein Gebäude gebracht wird. Die Verhandlungen seien in den nächsten Wochen. Die deutsche Kanzlerin habe angemeldet, Gespräche mit der kubanischen Regierung aufzunehmen.

Die Bilder im nächsten Video kommen mir etwas bekannt vor. Es ist ein Bericht aus Russland, in denen der Kommentar hart mit der russischen Regierung ins Gefecht geht. Sie habe in den letzten Wochen bereits mehrere hundert politische Gegner wegen Homosexualität oder Oppositionsangehörigkeit erschießen lassen. In einem offiziellen Statement heißt es, es handle sich um eine notwendige Reinigung feindlichen Gedankengutes und sexueller Krankheiten. Dies sei notwendig zur Wahrung der Stabilität des Systems und des Wohles sowie der Sicherheit der Bürger Russlands. Unter den Opfern seien viele namenhafte Schauspieler, Unternehmer, Wissenschaftler und Oppositionäre.

Schrecklich, zu was die Menschheit im Stande ist. Wieso wird so oft mit Gewalt reagiert? Gewalt und Lügen sind aus meiner Sicht oft nur Hilfsmittel, um sich selbst eine Falle zu stellen. Es wird quasi ein riesiges Kartenhaus gebaut. Wenn zu viele Karten angegriffen werden, als Lügen enttarnt werden, dann könnte das Kartenhaus einbrechen. Als Konsequenz werden Angreifer des Systems ruhiggestellt.

Das nächste Video hat denn Titel „Nordkorea erneut Fußball-Weltmeister, der Preis der Wahrheit". Es werden Bilder aus Nordkorea gezeigt, Personen, die in Arbeitslagern hungern, teilweise andere Menschen essen. Kurz darauf folgt ein Interview mit einem Italiener, der aus einem der Straflager und später sogar aus dem Land fliehen konnte. Er berichtet darüber, dass er aus reiner Willkür inhaftiert wurde. Der Prozess, der ihm gemacht wurde, war eine Fars. Er habe lediglich ein paar Personen, die er kennengelernt hat, erklären wollen, dass Nordkorea kein Fußball Weltmeister ist und es niemals war. Er habe dies öffentlich korrigieren müssen, mit einem Statement, welches von der nordkoreanischen Regierung verfasst wurde. Nach Foltereinheiten hätte er sich zur Lüge bereit erklärt. Anschließend wurde er vergleichsweise gut behandelt. Eine Wache meinte, er wäre jetzt ein Goldjunge, weil sie für ihn eine Ablöse von der italienischen Regierung bekommen könnten. Nordkoreanische Häftlinge hätte es viel härter getroffen. Sie würden mit Arbeit und Unterernährung bis an das Ende aller Kraft getrieben. Über Tunnelsysteme und mit Bestechung hatten es einige nach zwei Jahren geschafft, nach Südkorea zu fliehen, in Sicherheit.

Wow, dieser Bericht ist bisher sogar der härteste. Was ist bloß los in dieser Welt? Es wird Zeit, dass jeder einzelne Mensch, der noch klar denken kann, sich selbst motiviert, die Welt zu einem besseren Platz zu machen. Ein einziger Mensch startet vielleicht nur eine kleine Briese, aber zusammen können wir einen Sturm verursachen. Wir können Vernunft und Freiheit in der Welt verbreiten.

Ich frage mich, wie viele Videos noch kommen. Das nächste Video ist stark kryptisch. Es wird nicht gezeigt, um welches Land es sich handelt, aber es werden anscheinend chemische Waffen an Menschen getestet. Am Ende steht ein Satz, übersetzt aus einer Sprache, die ich nicht kenne, „Zur Ausrottung unserer Gegner, zum Wohle unseres Systems."

Ja, das war kurz, wird so etwas sogar zu Propagandazwecken verwendet? War das ein Werbevideo? Gibt es Regierungen, die sich so skrupellos verhalten können?

Im folgenden Video werden Kinder mit grünen Kopftüchern und schwarzer Kleidung gezeigt, denen gelehrt wird, anderen mit Messern die Kehle zu durchschneiden. Zum Glück sind die Opfer nur Puppen.

Das Szenario wechselt im selben Video. Es wird ihnen gezeigt, wie Bomben und Sprengstoffgürtel gebaut werden. Es handelt sich scheinbar um Lehraufnahmen für Kinder und Jugendliche in einer fremden Sprache. Dem Zuschauer werden Videos gezeigt, wie sich junge Männer selbst und andere in die Luft sprengen und dafür scheinbar in den Himmel kommen. Ihnen werden dort eine Vielzahl an Frauen versprochen, die sich nur um sie kümmern.

Im Folgenden zeigt das Video, wie Raketen und Maschinengewehre geschossen werden, auf Puppen als Ziele, oder einfach nur ins Freie.

Verabscheuend finde ich das. Unglaublich, dass Kindern Gewalt und wahrscheinlich der Hass gegen einzelne Völkergruppen auf diese Weise von klein auf gelehrt wird. Wie soll Frieden entstehen, wenn den Kindern nicht einmal Frieden als guter Zustand gelehrt wird? Woraus soll sich der Keim eines friedvollen Miteinanders entwickeln? Die wissen doch gar nicht, was ihnen entgeht.

Leider habe ich nichts von dem Gesagten verstanden, aber ich bin mir sicher, es handelt sich hierbei ebenfalls um Propaganda, Gewaltverherrlichung und zu einem großen Teil um Gehirnwäsche. Es trifft mich hart, so etwas zu sehen, traurig und beängstigend zugleich.

Das nächste Video ist wieder auf Englisch. Dieses verstehe ich. Es wird berichtet, dass sich Russland mit Saudi-Arabien und den Vereinten Arabischen Emirate im Kampf gegen andersdenkende verbündet hat. Es wird weiter gezeigt, wie Personen auf offener Straße gesteinigt oder auch enthauptet werden. Dies seien die Strafe für Volksaufhetzung, Homosexualität, Emanzipation und weitere Gründe, die aus meiner Sicht nirgendwo auf der Welt bestraft werden sollten. Ich finde es grausam, diese Bilder zu sehen, unmenschlich und unverständlich. Zum Ende dieses Videos wird eingreifenden Regierungen mit dem Einsatz von Hyperschallwaffen gedroht.

„Lasst uns Deutschland befreien und dann die Welt," denke ich laut vor mir her.

Sophie kommentiert aus dem Hintergrund, „klingt ganz schön nationalistisch, aber das ist der Plan. Wie ich sehe, bist du durch mit den Videos. Wie geht es dir?"

„Nunja," antworte ich, „ich bin geschockt. Was dort gezeigt wurde kam unerwartet. Manches hatte ich schon einmal geträumt, aber alles so in der Realität, in Videos zu sehen ist noch einmal eine Nummer härter."

„Ich verstehe," erklärt Sophie, „wie wäre es, wenn du jetzt zurück ins Hotel gehst? Wir treffen uns hier dann morgen früh um 09:00."

„Ok, da bin ich dabei," bestätige ich sie, stehe auf, verabschiede mich von jedem persönlich und mache mich auf den Weg zurück ins Hotel.

Es ist bereits 21:06, aber ich denke, ich werde mir noch einen Drink gönnen. In der Krumme Straße finde ich tatsächlich eine Kneipe, die noch aufhat, in dieser in der Nacht ansonsten sehr ruhigen Gegend.

Im Eingangsbereich gibt es kleinere Sessel an Tischen, in verschiedenen Farben. Auf der rechten Seite beginnt gleich der Tresen. Die Wände sind orangebraun. Das Licht hier leuchtet nur schwach. Von weiter hinten in diesem Raum höre ich Leute grölen. Sie scheinen ein Sportevent zu verfolgen. Ich begebe mich zu ihnen.

Die Ausstattung hier ist rustikaler. Ein Tisch scheint sogar so etwas wie eine alte Nähmaschine zu sein. Stühle Tische, alles hier ist aus einem dunkelbraun angestrichenen Holze mit liebevollen Verzierungen.

Es läuft Fußball. In einem Raum weiter nehme ich einen Kicker Tisch wahr. Ich entscheide mich dazu, schön sozial das Sportevent zu verfolgen, um nicht unnötig aufzufallen.

So bestelle ich mir ein Bier, wie es alle hier trinken und fiebere beim Spiel mit. Hin und wieder komme ich mit anderen ins Gespräch, aber es geht nur um das Spiel.

Auf einmal sehe ich jemanden scheinbar angeschlagen am Tresen sitzen. Ich gehe zu ihm rüber.

„Na, ist dein Team am Verlieren?" Frage ich nach.

Er hebt seinen Kopf hoch und zur Seite zu mir, mit einem Gesichtsausdruck der Verzweiflung. Er scheint meinen Kommentar als störend zu empfinden und antwortet nicht. Im Gegenteil, er senkt seinen Kopf wieder in Richtung Tresen und Getränk.

Vielleicht kriege ich ihn ja zum Reden. Schließlich hilft es immer, über Herausforderungen zu reden. Zumindest hilft es mir.

„Entschuldigung für den dummen Spruch," versuche ich die Situation zu beruhigen, „ist alles in Ordnung bei dir?"

„Nichts ist in Ordnung," nuschelt er frustriert und stark angetrunken in sein Bier.

„Wenn du reden willst, ich höre dir gerne zu," biete ich ihm an.

Er fängt an, „ok, junger Mann, wenn du schon so nachhakst, dann erzähle ich es dir."

Nach einem Seufzer und einer kurzen Pause spricht er langsam und betrunken weiter, „ich hatte immer gedacht, mich würde es nicht treffen und alles würde in Ordnung sein, aber jetzt bin ich dabei alles zu verlieren, mein Haus, meine Familie, mein Unternehmen, alles."

„Wieso, was ist vorgefallen?" Hake ich nach.

Er antwortet, „Diese GegenKa Kacker, die sonst nur im Osten randalieren haben letzten Monat meinen Laden und das gesamte Lager in Brand gesteckt. Die Versicherung wird nicht zahlen, weil sie angeblich selbst Insolvenz anmelden müssten, weil es zu viele Anschläge gebe und meine Frau ist schwer krank. Ihr hilft nur ein Medikament, welches nicht von der Krankenkasse gezahlt wird. Ohne dieses Medikament hat sie nicht mehr lange zu leben und meine Kinder sind sauer auf mich, weil ich meiner bezaubernden Frau nicht mehr helfen kann. Alles nur wegen dieser linken Terroristen, dieser Rabauken. Wieso unternimmt die Polizei nichts aktiver gegen die? Die und die Politiker stecken doch alle unter einer Decke."

„Oh, das ist schlimm," stimme ich ihm zu, „leider habe ich selbst Herausforderungen mit den Linken, denen ich bald aktiv gegenübertreten muss."

„Ich sollte jetzt auch nach Hause gehen, meine Frau benötigt noch ihre Medikamente, solange wir noch welche haben, aber wenn du mal Hilfe benötigst, ruf mich an," verabschiedet er sich und drückt mir eine Visitenkarte in die Hand, gegen die Sozialisten müssen wir zusammenhalten."

Ich schaue mir die Karte nicht genauer an, stecke sie direkt in meine Tasche.

„Vielen Dank," drücke ich meine Dankbarkeit aus, „das weiß ich sehr zu schätzen. Ich heiße übrigens Pfeiffer, Michael Pfeiffer. Ich werde mich melden, vielleicht kann ich Ihnen ja auch helfen."

„Ich danke Ihnen," bedankt er sich bei mir, „es zeigt mir, dass es doch noch Empathie und Unterstützung in diesem so kalt gewordenen Land gibt. Wie du auf der Visitenkarte sehen kannst heiße ich Manfred Schulz. Bis bald dann."

„Ja, bis bald", verabschiede ich ihn.

Mein Bier trinke ich noch schnell aus und begebe mich in das Hotel. Dort nehme ich noch eine entspannende Dusche, bevor ich mich schlafen lege

Mission: Niedergang roter Krebs

Am nächsten Morgen wache ich zugegebenen Maßen ein wenig entspannter und hoffnungsvoller auf. Es scheint, als könnte ich mit diesem neuen Team etwas erreichen, das Land zu etwas Besserem bewegen. Es von der wuchernden Destruktion und Anarchie befreien.

Ich nehme noch schnell ein Frühstück im Hotel zu mir und mache mich auf den Weg in unsere Zentrale.

Schnell wird mir die Tür geöffnet und Sophie begrüßt mich mit einer warmen Umarmung, „guten Morgen Michael, schön dass du wiedergekommen bist."

„Gerne," antworte ich, „also was ist der Plan für

heute?"

„Wir werden uns auf den Weg nach Frankfurt machen. Über unsere Europol-Zentrale haben wir auch andere Teams gebeten, uns zu unterstützen. Wir haben dazu eine motivierende Rede an alle gesendet. Diese kannst du dir gerne anschauen, während wir alle Sachen zusammensuchen und packen."

„Natürlich, aber was wird meine Aufgabe sein?" Hake ich nach.

„Wir fürchten, dass sie dich in der Umgebung erkennen werden," antwortet Sophie, „außerdem kannst du dich nicht an deine Ausbildung erinnern und wir wissen noch nicht einmal, ob du adäquat ausgebildet wurdest. Du wirst im Einsatzfahrzeug bleiben und alles im Auge behalten. Wenn du Gefahren siehst, wirst du uns darüber aufklären."

„Ja, das krieg ich hin," stimme ich zu.

„Gut, dann lass mich weiter Sachen vorbereiten. Gehe ruhig an deinen Schreibtisch," bietet Sophie mir an.

Ich betrete das Büro und setze mich an meinen Schreibtisch. Mein Notebook ist bereits hochgefahren. Die Video-Software zeigt einen schwarzen Bildschirm. Ich klicke auf ‚Abspielen'.

„Liebe Kollegen," ertönt die Stimme von Francois bereits kurz bevor neben dem Ton auch das Bild einsetzt, „wir haben es gestern geschafft, einen von linkssozialistischen Kreisen geflohenen ehemaligen BFV-Agenten bei uns in Sicherheit zu bringen. Er konnte uns nützliche Details zur Zusammengehörigkeit der sozialistischen Partei und der GegenKa nennen. Die Partei nutzt die GegenKa als exekutive. Was die GegenKa im Gegenzug erhält ist noch unklar. Dank der Unterstützung von Michael konnten wir die Zentrale der Partei in Frankfurt (Oder) ausfindig machen."

Er macht eine kurze Pause bevor er weitererzählt, „bereits zu lange durchwuchert das Geschwür, diese linken Parasiten unser früher so stabiles System. Auf der Basis von Lügen die halbautomatisch im Internet verbreitet werden, überzeugen sie immer größere Anteile der Bevölkerung davon, diese Lügen als Wahrheit anzunehmen. Wie ein Krebs durchsetzen diese Reihen mit ihrer andersartigen System-DNA immer mehr Kanäle und Reihen. Wir könnten endlich eine erste erfolgreiche Medizin gefunden haben. Wir wollen noch heute nach Frankfurt reisen, um die Zentrale hochzunehmen, Beweise sicherzustellen. Wenn wir diese Parteizellen nicht frühzeitig ausschalten, könnte am Ende nur noch der Tod des Systems warten. Ich glaube, es ist noch nicht zu spät für uns, gemeinsam Taten sprechen zu lassen. Schließt euch uns an. Lasst uns in den Krieg ziehen, den roten Krebs besiegen. Lasst uns den Kopf der Schlange abschlagen, solange sie nicht zu groß ist."

Das Video endet. Ich drehe mich um. Auf dem Tisch in der Mitte stehen Reisetaschen voller Waffen und sonstiger Ausrüstung. Ich stehe auf und schau mir diese genauer an. Direkt ersichtlich sind Granaten, Maschinengewehre, Nachtsichtgeräte, Kommunikationsgeräte und Wasser.

„Hier, dies dürfte deine Größe sein," spricht mich Giovanni von der Seite an und drückt mir Kleidung in die Hand.

Ich begebe mich ins Badezimmer und ziehe mich um. Meine neue Kleidung ist schwarz, relativ eng an der Haut und laut eines Etiketts auch kugelsicher. Zu Hose, Pullover und Schuhen gibt es auch Handschuhe und eine Sturmmaske. An der rechten Seite in Höhe meiner Taille gibt es noch einen leeren Schaft für eine Handfeuerwaffe. Alles ist in schwarz und ohne ein Abzeichen von Europol oder einer anderen Vereinigung. Alles wird verdeckt erfolgen.

Wahrscheinlich werden wir bis zur Dunkelheit warten, um Beweismittel sicherzustellen und diese Parasiten zu verhaften. Sie umzubringen wäre ungesetzlich, zu drastisch und wahrscheinlich auch zu gefährlich für uns. Wir dürfen nicht, wie der rote Krebs den Rechtsstaat aushebeln. Dann könnte die Partei zur Abwechslung mal über einen echten Fall berichten.

Nein, ich denke, wir sollten nach den Richtlinien des Rechtsstaates handeln. Sonst wären wir nicht besser als die.

In meiner neuen Kleidung, aber ohne Handschuhe und Sturmmaske, gehe ich wieder zurück ins Büro. Alle anderen warten bereits auf mich.

„Lass uns los," sagt Thomes hochmotiviert, greift eine Tasche und geht Richtung Tür.

Alle anderen, so auch ich, folgen seinem Vorbild. Sophie schließt als letzte Person die Tür ab. Geschlossen gehen wir die Treppe hinunter. Es kommt ein starkes Zusammengehörigkeitsgefühl, aber auch ein Gefühl der Anspannung, gemischt mit der Hoffnung auf ein Ende des Schreckens auf. Vielleicht haben wir ja wirklich eine Chance, das linksradikale Terroristen-Geschwür zu besiegen und endlich wieder die alten und erfolgreichen Werte unseres Landes aufleben zu lassen.

Vor der Tür, auf der Straße, wartet bereits ein großer, schwarzer Transporter auf uns. Wir nähern uns ihm. Die Tür öffnet sich automatisch. In dem Transporter sehe ich neben den Sitzen für jedes Team-Mitglied auch Monitore und einige Kopfhörer und Knöpfe. Ich glaube, dies wird mein Einsatzgebiet sein.

Alle Team-Mitglieder steigen ein. Ich schaue mich noch einmal um. Wunderschön ist die Gegend hier. Diese Straße scheint zu leben, mit seinen Bäumen am Straßenrand. Blumen auf den Balkonen anliegender Wohnungen bringen Farbe mit ins Spiel. Die Gebäude scheinen alle frisch saniert und gut in Schuss. Kein Graffiti ziert die Wände. Kinder spielen bereits jetzt glücklich und ahnungslos auf dem Gehweg, während die Eltern immer ein Auge auf sie haben. Die Sonne scheint durch die Zweige eines Baumes direkt auf mich.

Auf der einen Seite erinnert mich das ein wenig an Lisa und Samantha. So sehr sehne ich mich bereits jetzt nach Ihnen, danach endlich wieder mit meiner Familie zusammen zu sein.

Auf der anderen Seite habe ich aber auch das Gefühl, dass sich einiges ändern muss und auch wird, dass ich diese Wahrnehmung so für eine Weile nicht mehr haben werde. Irgendwie habe ich das wahrscheinlich belanglose Gefühl, dass sich ein Vorhang der Dunkelheit über mein Leben legen könnte.

Woher kommen jetzt diese negativen Gedanken und Gefühle? Wieso habe ich diese Zweifel? Die machen keinen Sinn. Wir werden alles zum Besseren verändern. Ich nehme einen letzten tiefen Atemzug und betrete schließlich auch den Transporter.

Vorne sitzen zwei Männer in Schwarz mit Helmen auf. Das Team und ich sitzen hinten.

„Na da bist du ja endlich," kommentiert Giovanni, „wir wollen los."

„Ja, Entschuldigung," versuche ich, mich in Schutz zu nehmen, „ich war nur gerade in Gedanken verloren."

„Hast du etwas gesehen?" Fragt mich Sophie.

„Nein," antworte ich, „ich habe nur die Familien mit den Kindern gesehen und daran gedacht, wie sehr ich meine Familie vermisse."

Das sollte reichen. Ich will die Stimmung hier jetzt nicht versauen, wegen eines belanglosen Gefühls der Unsicherheit von mir.

„Apropos Visionen, die hatte ich bisher nur, wenn ich schlafe. Werden die auch einfach so kommen?" Hake ich nach.

„Ja, Rookie," meldet sich Francois zu Wort, „aber du wirst sogar noch mehr auch lernen, diese zu kontrollieren. Du wirst direkt Hilferufe annehmen und senden können."

In einem etwas lauteren Ton sagt er, „Markus, lass uns losfahren bevor wir hier Verdacht erwecken."

„Ja Sir," antwortet Markus und fährt langsam aber kontrolliert los, „einen Gedanken von meinem leider kürzlich verstorbenen Großvater will ich dem Team noch mit auf den Weg geben."

„Lass hören," ruft Giovanni in die Runde.

„Gerne," erzählt Markus, „es ist eine kleine Weisheit, die er mit seinen Erfahrungen festgestellt hatte. Er sagte immer, ‚Kinder, glaubt mir, im Kapitalismus werden die Reichen immer reicher, aber auch die Einkommen der Armen steigen immer weiter, auch wenn sie es für sich nicht erkennen. Im Sozialismus hingegen nähern sich arm und reich in der Armut einander an. Lediglich die Regierungsmitarbeiter werden wohlhabender. Deutschland versucht einen Mittelweg zu gehen und hey, uns geht es doch eigentlich gut,' oder zumindest ging es uns schon mal besser als jetzt mit wachsendem Einfluss von links."

„Wahre Worte," kommentiere ich, „leider schaffen es die Sozialisten immer das Gegenteil zu kommunizieren, selbst wenn echte Beispiele wie in Venezuela, Kuba, Nordkorea, Russland oder früher auch China das Gegenteil beweisen. China hat die Kurve zumindest wirtschaftlich inzwischen einigermaßen bekommen. Sie haben die Falscheinschätzungen erkannt, anerkannt und den Kurs entsprechend geändert. Sie haben Stärke gezeigt und sich nicht hinter weiteren Lügen versteckt."

„Woher weißt du das?" Fragt mich Sophie, während sie ihre Hand auf meine legt, „ich meine, erinnerst du dich wieder?"

Ich überlege kurz und antworte, „hm, du hast Recht, aber nein, leider ist meine Erinnerung noch nicht zurück. Manchmal habe ich nur das Gefühl, dass ich Sachen einfach weiß, wie zum Beispiel wie ich ein Auto kurzschließe. Es kommt mir einfach zugeflogen."

„Aah, ok," bestätigt Sophie, „schade, aber das wird bestimmt wieder, ist doch ein gutes Zeichen."

Der Rest der Fahrt verläuft ruhig. Jeder ist auf die Mission fokussiert, nur ich fühle mich, als hätte ich keine wirkliche Mission, nur Beobachten und Hinweise geben, sonst nichts. Keine Aktion, keine Gefahr.

Ok, ich meine, ich unterstütze das Team so ja schon. Einer muss es ja machen, Schmiere stehen und so. Wenigstens bin ich so weniger in Gefahr und kann bald zu meiner Familie fliegen.

Wir fahren quer durch Berlin, kurz der Kantstraße entlang, über den Kurfürstendamm, vorbei am Preußenpark und am Fennsee fahren wir schließlich auf die Autobahn. Von der Autobahn aus erkenne ich den ehemaligen Flughafen Tempelhof, der jetzt eine riesige Parkfläche ist. Auch die ewige Baustelle, der noch immer nicht eröffnete oder schon wieder geschlossene Flughafen Berlin Brandenburg, ein Meisterwerk des Einflusses linksgerichteter Berliner Politik in wirtschaftliche Prozesse liegt auf dem Weg. Nach einer Eröffnung vor zwei Jahren, wurde er vor einem Jahr wegen Mängeln wieder geschlossen und wird seitdem weiter saniert.

Scheinbar ist es wahr. Es sieht so aus, als würden langsam, aber sicher einige der unbezahlbaren Erinnerungen wiederkommen. Ich kann es kaum erwarten, auf all die schönen und aufregenden Erinnerungen mit meiner Frau wieder zurückgreifen zu können. Leider kann ich es aber nicht erzwingen.

Schon bald sind wir in einem ländlichen Umfeld. Als Leere Brandenburgs würde ich dies bezeichnen.

Nach etwa zwei Stunden Fahrt, auch durch Stau, erreichen wir Markendorf, wo wir an einem Gasthof halten. Der Eigentümer sei auf unserer Seite, hieß es von meinen Team-Mitgliedern. Mir bleibt nichts anderes als abzuwarten. Drei andere schwarzer Transporter stehen bereits auf dem Parkplatz.

„Michael, du bleibst bitte erst einmal hier," fordert mich Thomas auf, „Markus wird dir den Gebrauch der Anlagen hier erklären. Wir treffen die anderen Teams und gehen die Taktik durch. Glaube mir, im Notfall heißt es: ‚je weniger du alle Beteiligten kennst, desto besser wird es für dich sein.'"

„Ok, klar, kein Problem," antworte ich.

„Danke," schließt Thomas ab, dreht sich um und betritt das Gasthaus.

Markus kommt nach hinten zu mir. Sein Beifahrer geht ebenfalls ins Gasthaus. Markus erklärt mir die technische Anlage, wie ich aufzeichne, wie ich bestimme, welche Sicht ich auf dem Hauptmonitor sehe, wie ich bei einzelnen Personen mithöre und so weiter. Leider sind die Kameras, Mikrofone und Ohrstücke noch hier im Transporter. Ich habe also keine Ahnung, was dort drinnen vor sich geht.

Vielleicht ist das auch besser so. Ich kann mir vorstellen, dass mir noch nicht alle ausreichend vertrauen. Ein grundsätzliches Mistrauen basiert wahrscheinlich auf den Erfahrungen und Ängsten der einzelnen Kollegen. Das ist nachvollziehbar. Ängste führen allerdings zu Mistrauen und Abschottung, keine gute Lösung eigentlich. Man sollte sich seinen Herausforderungen stellen, so wie ich mein Mistrauen gegenüber diesem Team abgelegt habe und ihm inzwischen eigentlich vertraue. Was für eine andere Wahl habe ich auch?

Das Mistrauen will ich aber auch nicht schüren. Was mich ein wenig beruhigt ist, dass auch Markus nicht reingeht. Entweder passt er darauf auf, dass ich nichts Dummes anstelle oder er soll wie ich im Dunkeln gehalten werden. Er soll nur fahren.

Ich setze mich gemütlich hinten in den Transporter. Durch die abgedunkelten Scheiben erkenne ich gegenüber vom Gasthaus zunächst eine Baumreihe. Dieser folgen riesige landwirtschaftlich genutzte Flächen. Nur vereinzelt tun sich hier Gebäude auf.

Der Anblick und die Stille hier beruhigen mich so sehr, dass ich sogar kurz einnicke.

Wieder habe ich einen Traum, der sich so unglaublich real anfühlt:

Die Sicht ist ein wenig verwischt. Was ich erkenne, ich befinde mich in einem Gebäude und bringe an einem Betonpfeiler gerade einen Gegenstand an, der blinkt. Ist das eine Bombe? Ist das einer von uns, von den Europol-Agenten, der ein Gebäude in die Luft sprengt?

Jetzt bringe ich oder die Person des Traumes noch eine Art Bewegungsmelder an. Die Person, in der ich stecke, schaut auf sein Mobiltelefon. Die Zeit ist dieselbe wie hier. Der Netzanbieter ist in Deutschland. Nach der Freigabe des Bildschirms erscheint ein grünes Hintergrundbild mit weißer arabischer Schrift. Wer ist das? Verübt da jemand ein Attentat in Deutschland?

Erschrocken wache ich auf. Ich habe anscheinend fast den ganzen Tag verschlafen, kein Wunder nach den Anstrengungen der letzten Tage, oder sind die Visionen so vereinnahmend? Im Westen geht die Sonne unter. Die anderen kommen gerade aus dem Gasthaus zusammen mit 15 anderen vermummten Männern oder Personen. Vielleicht sind da auch Frauen dabei.

„Sophie, Sophie," rufe ich, noch immer erschrocken, „Sophie, ich hatte einen dieser Träume, wo ich das Gefühl habe, dass sie wahr sind."

Sophie versucht mich zu beruhigen, „ganz ruhig, atme erst einmal tief ein und aus."

So tue ich es, ich atme tief ein und aus und setze etwas ruhiger fort, „ich habe gesehen wie eine Person, also die sehende Person einen Sprengsatz und einen Bewegungsmelder an den Beton Pfeiler eines Gebäudes angebracht hat."

„Das war bestimmt einer unserer Kollegen der eine andere Zelle hopsnimmt. Heure wird ein großer Tag für uns," versucht mich Sophie weiterhin zu beruhigen.

„Nein," antworte ich, „das glaube ich nicht. Ich habe gesehen wie die Person auf sein Handy geschaut hat. Er befindet sich in Deutschland und auf seinem Display ist etwas Arabisches in weiß auf grün geschrieben, wie in den Videos der Kinderausbildung, die ihr mir gezeigt habt."

„Du hast alles klar und deutlich gesehen?" Fragt mich Francois.

„Naja," beschreibe ich die Situation, „die Sicht war schon etwas verschwommen. Ich vermute, die Person braucht eigentlich eine Brille."

Sophie denkt etwas nach und fragt, „was ist dir am Gebäude aufgefallen?"

„Es waren weiße Wände, die ich gesehen habe," versuche ich, mich laut zu erinnern, „so war auch der Betonpfeiler weiß und ich glaube, es kommt eine Erinnerung hoch, dass es nicht nur ein einfacher Bewegungsmelder war, der Auslöser reagiert auch auf Wärmesignale im Umfeld. Sonst weiß ich nicht mehr."

„Na gut," sagt Giovanni, „das kann überall gewesen sein und wir können es so auf Anhieb nicht mehr stoppen."

„Richtig," mischt sich Thomas hochmotiviert ein, „wir haben jetzt aber eine Mission zu erfüllen, eine Chance auf Erfolg. Also lasst uns los hier, ab zum Einsatz."

So setzen wir uns wieder alle in den Transporter, schnallen uns an und fahren los in Richtung Frankfurt (Oder).

Sehr schnell fahren wir über Landstraßen rein in die Stadt. Angeblich wenige Blocks vom Einsatzort entfernt warten wir, bis es richtig dunkel geworden ist. Überraschenderweise fallen sogar die Straßenlichter aus.

Langsam fährt Markus den Transporter in Richtung des Einsatzortes. Aus verschiedenen Richtungen treffen auch die anderen dunklen Transporter ein.

Das Team rüstet sich nun auch mit den Kameras, Mikrofonen und Ohrteilen aus und verlässt unseren

Transporter. Der letzte schiebt die Tür hinter sich zu. Markus stellt den Motor des Wagens ab.

Ich aktiviere die Monitore und das verbundene Notebook. Automatisch verbindet die Überwachungshardware des Teams. Ich drücke auf „Aufnahme", um keine Beweise zu verpassen und setze auch die Kopfhörer auf. Wort und Bild von jedem Team-Mitglied werden aufgezeichnet.

Mein Team betritt das Gebäude zusammen mit einem weiteren Team über den Keller. Die anderen Teams empfange ich hier nicht, aber ich konnte gerade noch sehen, wie sie versuchen, den Haupteingang aufzubrechen.

Die Tür links von der LKW-Ladestelle ist überraschender Weise immer noch nicht verschlossen. Die Teams betreten das Gebäude ohne Probleme.

Im ersten Raum flimmert immer noch das Licht unregelmäßig leuchtender Leuchtröhren. Hier, im Lagerraum stehen auch noch die Kartons, aber weniger als vor zwei Tagen, so aber auch neue.

Sophie überprüft den Inhalt der Kartons, während die anderen die Umgebung beobachten. Das zweite Team hat den Lagerraum bereits verlassen.

Seltsamerweise enthalten alle Kartons nur Propagandamaterialien. Es fehlt die technische Ausrüstung.

Dies gebe ich durch, „Team, vor zwei Tagen gab es dort auch noch Kartons mit technischer Ausrüstung. Diese fehlen jetzt alle."

Sophie antwortet, „ich bestätige. Diese könnten aber auch einfach verteilt worden sein. Bald ist der G20 Gipfel in Nizza. Die linken planen dafür regelmäßig Eingriffe."

„Ok, ich verstehe," bestätige ich und beobachte weiterhin die Monitore.

Mein Team verlässt jetzt auch den Raum. Das andere Team betritt gerade den Wäscheraum am anderen Ende des flackernd beleuchteten relativ dunklen Ganges.

Giovanni öffnet die Tür zum Treppenhaus. Mit gegenseitigem Feuerschutz und vorsichtig stürmt das Team die Treppe hoch und direkt vom Keller ins erste Stockwerk.

Auf einmal werden meine Monitore gestört. Es erscheint das Gesicht einer Frau mittleren Alters auf allen Monitoren und sogar dem Notebook. Sie hat relativ kleine, aber weit geöffnete Augen. Ihr schwarzes Haar ist am Kopf hinten eng zusammengebunden. Es glänzt im Licht der Scheinwerfer. Ihre Lippen sind giftig rot angemalt. Die Haut ist blass, aber die Frau ist braun geschminkt, zumindest im Gesicht. Schön ist das nicht. Sie lächelt nicht, hat einen eher neutralen Gesichtsausdruck.

Der Hintergrund ist steril weiß, sonst nichts, nur ein Schatten der Frau rechts unten im Bild stört das Weiß des Hintergrundes. Es gibt keinen Anhaltspunkt darüber, wo sich die Person befinden könnte.

Die Frau fängt an zu sprechen, „lieber Micha, wir wollten uns gerne persönlich bei dir bedanken. Dank deiner tatkräftigen Unterstützung können wir unsere größte Bedrohung, unseren europäischen Klassenfeind gleich endlich neutralisieren und du kannst alles in Echtzeit auf deinen Monitoren beobachten. Du brauchst nicht versuchen, sie zu warnen. Das bringt nichts mehr."

Von Freude befallen lächelt sie jetzt und erzählt nach einer kurzen Pause weiter, „natürlich waren wir zunächst besorgt, weil du geflohen bist und vielleicht Beweise hattest, um uns auffliegen zu lassen, aber nach zwölf Stunden konnten wir endlich eine Verbindung zu dir aufbauen. Wir konnten alles sehen und hören, was du hören und sehen konntest. Danke für all die nützlichen Informationen. Wenn du weiter gegen uns kämpfst, werden wir unsere israelisch-palästinensischen Partner beauftragen, deine Familie ausfindig zu machen. Gönne ihnen lieber die Freiheit. Dann erlauben wir dir auch, dich frei in Deutschland bewegen zu können, aber vergiss nicht, wir sehen und hören alles was auch du siehst und hörst. Jetzt wünschen wir dir viel Spaß beim Feuerwerk, und achja, nach Markus brauchst du auch nicht mehr fragen."

Die Übertragung unterbricht. Es erscheinen wieder die Team-Kameras.

Hören kann ich alles. Ich versuche, mein Team über Funk zu erreichen, „Team, hört ihr mich? Achtung wichtig, hört ihr mich? Bitte bestätigen."

Ich warte, bekomme aber keine Antwort, lediglich das Rauschen des Funks.

Ich versuche es erneut, „Team, ihr seid in einer Falle, kommt sofort raus, bitte bestätigen."

Erneut keine Reaktion. Das Team scheint die Mission wie gehabt fortzusetzen.

„Markus, hörst du mich?" Rufe ich nach vorne, auch hier keine Reaktion.

Den Helm sehe ich aber noch im Sitz zurückgelehnt. Vielleicht schläft er ja. Also bewege ich mich in Richtung Fahrer und stupse Markus an. Sein Kopf knickt nach vorne ein. Blut fließt runter.

Oh man, wurde er erschossen? Das Fenster ist runter gekurbelt, daher hatte ich kein brechendes Glas wahrgenommen, aber noch nicht mal einen Schuss? Sind Waffen inzwischen so leise?

Motiviert, die anderen irgendwie zu warnen, und doch auch mit schlechtem Gewissen, öffne ich die hintere Tür. Zeitgleich bemerke ich plötzlich Explosionen in dem Gebäude gibt.

Ich höre laute explosionsartige Knallgeräusche. Hinter den Fenstern bewegen sich Feuerwände rasant in Richtung der Fenster. Diese geben der Druckwelle schnell nach. In allen Stockwerken Zerspringen die Fenster auf die Straße. Die Feuerwand bewegt sich noch einige Meter weiter nach draußen in die Luft.

Reflexartig ziehe ich eine Decke, die unter einem Sitz neben mir liegt, vor mein Gesicht. Rechts und links von mir schlagen Splitter ein. Zum Glück handelt es sich hierbei um Sicherheitsglas, es gibt also keine noch gefährlicheren scharfen Splitter.

Zur selben Zeit fliegt auch die Tür des Kellers einige Meter in Richtung Straße und schleift ein wenig weiter, bis vor meine Füße. Dies hätte für mich auch schiefgehen können, ist es aber nicht.

Unmittelbar nach der Explosion laufe ich hinaus auf die Straße. Ich laufe zu den anderen Wagen und schaue hinein. Alle anderen sind erschossen worden, nur ich lebe noch. So viele Tote, alle, sogar mein komplettes Team, alle tot, alles wegen mir, alles, wie konnte ich bloß, wie ist das passiert? Wieso hatten wir daran nicht gedacht?

Mein Chip ist anscheinend angepasst, so programmiert, dass ich alles was ich höre und sehen direkt weiterleite an die Partei. Wie konnte ich Personen, denen ich so vertraue, mein Team, meine Freunde bloß so hintergehen? Was soll ich jetzt machen? Wo soll ich hin? Mit wem kann ich jetzt zusammenarbeiten?

Ohne Ahnung, was ich jetzt tun soll laufe ich hinein ins Gebäude. Unter mir knirschen die Scherben, die auf die Straße geflogen sind. Teilweise lassen sie mich nach hinten wegrutschen.

Ich nehme im Moment nicht mehr viel um mich herum wahr. Meine Ohren sind noch ein wenig betäubt vom lauten Knall der mächtigen Explosionen.

Die Taubheit wird von einem leichten Piep-Geräusch begleitet. Im Hintergrund nehme ich aber inzwischen wahr, wie einzelne Auto-Alarmanlagen losgegangen sind.

Das Gebäude betrete ich im Erdgeschoss vorsichtig. Auf der rechten Seite ist ein verschmorter Empfang. Hier und da gibt es kleinere Brände, die sich aber auszubreiten scheinen. Bilder hängen nicht mehr an den Wänden, sondern liegen zersprungen und angebrannt am Boden. Immer mehr Rauch sammelt sich oben an der Decke an. An einem weißen Pfeiler erkenne ich, dass ein großer Brocken durch eine Explosion herausgesprengt wurde. Rings um die Bruchstelle herum ist es tiefschwarz. Je weiter von der zentralen Stelle entfernt, desto heller wird der Grauton des Rußes.

Mein letzter Traum, war das hier im Gebäude? War das Display nur eine Falle, um mich abzulenken, um mich jetzt noch schuldiger fühlen zu lassen? Anscheinend wusste ich sogar von der Gefahr, die uns hier erwartete. Ich hätte alles verhindern können. Verdammt, was mache ich jetzt bloß?

Erschrocken laufe ich in Richtung Treppenhaus und rufe, „Sophie, Thomas, Giovanni, Francois, irgendwer, hört ihr mich? Ist da irgendwer? Hört mich irgendwer?"

Mein Gehör entspannt sich langsam vom Knall der Explosion. Trotzdem höre ich keine Reaktion, nichts, nur das Geräusch verschiedener, sich ständig ausbreitender Brände. Ich rieche mehr und mehr Qualm und verlasse das Gebäude wieder.

Vor dem Gebäude falle ich in die Knie, setze mich auf meine Verse. Was ist hier passiert? Ich kann es noch nicht vollständig verstehen. Die Explosion, das Video, alle tot, alles wegen mir.

Was soll ich bloß machen? Wo soll ich bloß hin? Vielleicht erst einmal ins Hotelzimmer? Der Polizei kann ich nicht trauen. Wir waren verdeckt unterwegs und ich gehöre nicht einmal zu Europol. Wer sollte mir also glauben? Mit meinem Israelischen Pass könnten sie mich wahrscheinlich sogar, wie so viele Falschmeldungen, als böse darstellen.

Aus dieser Stadt, diesem potenziellen Sumpf des sozialistischen Verderbens, des roten Krebses muss ich raus. Dieser Krebs, der sich jetzt noch freier in der Gesellschaft ausbreiten kann. Was kann dieses Geschwür jetzt noch besiegen? Ich kann es auf jeden Fall nicht. Alles was ich sehe, sehen sie auch.

Verzweifelt richte ich mich wieder auf. Die Laternen sind immer noch aus und seltsamer Weise sind auch weder Polizei, noch Krankenwagen und auch keine Anwohner auf der Straße. Wie kann das sein? Ich meine, der Knall war doch laut genug. Das kann niemand überhört haben.

Langsam, noch nachdenklich und bedrückt begebe ich mich zum Transporter. Den toten Fahrer schmeiße ich auf den Gehweg. Zum Glück trage ich noch meinen schwarzen Anzug mit Handschuhen und Sturmmaske. Bloß keine Spuren hinterlassen, die mich auch noch hinter Gittern bringen könnten.

So setze ich mich auf den Fahrersitz und starte den Motor. Möglichst unauffällig mache ich mich zurück auf den Weg nach Berlin.

Sollte ich mich auf den Weg zu meiner Familie begeben? Aber die Frau sagte, ich könne mich frei in Deutschland bewegen, nicht außerhalb, nicht in Israel. Meine Familie kann ich nicht gefährden. Niemand weiterem will ich das Leben Kosten.

Einige Kilometer vom Hotel, auf einem abgelegenen Parkplatz stelle ich den Transporter ab. Im hinteren Raum ziehe ich mich um, zurück in meine eigene Kleidung. Die schwarze Kleidung lasse ich hinten liegen.

Ich nehme eine Reisetasche und in ihr das Notebook, die Berlinkarte und die Waffen, die für mich vorgesehen waren, heraus, und finde auch einen Kanister mit Benzin. Diesen schütte ich aus, verteile es im ganzen Wagen und zünde es aus sicherer Entfernung an.

Schon bald brennt der Transporter lichterloh. Ich kann es nicht riskieren, dass dort Haare oder ähnliches von mir gefunden werden. Nichts was mich in Bedrängnis bringen könnte.

Schnell laufend mache ich mich auf den Weg in die Stadt. Im Hintergrund höre ich auf einmal eine Explosion. War dort noch ein Kanister oder eine Granate? Weiterhin laufe ich schnell, später etwas langsamer, unauffälliger zum Hotel.

Die Nachtschicht fragt mich, „Sie kommen aber spät, haben Sie mit Feuer gespielt? Sie riechen nach Qualm."

„Ja," antworte ich, „wir haben gegrillt, also ich durfte grillen und jetzt will ich mich nur noch Duschen und ins Bett."

„Ok, schlafen Sie gut," wünscht mir die Nachtschicht.

„Danke, Ihnen eine ruhige Schicht," erwidere ich und verschwinde auf mein Zimmer, wo ich direkt ins Bett falle.

Eine Welt bricht zusammen

Sonnenstrahlen, die durch das Fenster in mein Gesicht strahlen, wecken mich am nächsten Morgen auf. Im ersten Moment vergesse ich alles um mich herum, all die Unsicherheiten und Gefahren. Ich genieße die Wärme, die mir die Sonne schenkt und drehe mich noch einmal auf die Seite.

Lange hält dieses Gefühl des Friedens aber nicht an. Schon bald erobern die Gedanken und Erinnerungen an die letzten Tage wieder mein Bewusstsein. Ich erinnere mich, wie ich unter kompletter Angst aufgewacht und aus dem Gebäude geflohen bin. Dann war da der Moment, in dem ich mich in einem Baumhaus verstecke und fast erschossen wurde. Es folgte die Flucht in gestohlenen Autos, die Nacht im Wald und die Festnahme. Bis dahin gab es niemanden dem ich vertrauen konnte. Ich war verzweifelt.

Dann kam Sophie und hat das Licht in mein Leben zurückgebracht. Dank ihr konnte ich fliehen und meine Familie aufsuchen, sie in Sicherheit bringen. Im Park wurde ich dann wieder von Sophie aufgesucht und ich habe gelernt, auch ihr zu vertrauen. Sie hat mir vertraut und mich in ihrem Team willkommen geheißen. Zusammen haben wir eine Mission gestartet, einen ersten Schlag, um wieder Recht und Ordnung herzustellen. Leider war der Schlag nur ein Schlag gegen uns selbst.

Wegen mir sind wir aufgeflogen, ist das Gebäude explodiert. Andere Kollegen wurden erschossen. So viel Tot wegen mir. Alles tot, alles schwarz, ich bin allein, alleine hier. Ich muss neue Freunde finden, aber wo, aber wen? Jede Person, der ich vertrauen kann, bringe ich in unmittelbare Gefahr. Nichts kann ich verheimlichen, nichts. Tragischer Weise bin ich nicht nur mit den Guten verbunden. Die Bösen haben Leserechte von dem was ich sehe und höre, vielleicht sogar meiner Gedanken. Was soll ich bloß machen?

Ist mein einziger Ausweg, die Ressourcen der Gegner zu schwächen, Selbstmord? So weit will ich noch nicht denken. Noch habe ich Hoffnung. Abgesehen davon kann ich das meiner Familie auch nicht antun.

In der Tasche der Hose, welche ich vorgestern getragen habe, finde ich die Visitenkarte, die mir der verlorene Unternehmer gegeben hatte. Vielleicht kennt er ja einen Ausweg. Vielleicht kann er mir ja helfen. Wenn mich jemand versteht, dann doch bestimmt er, wer sonst?

„Manfred Schulz" steht auf der Visitenkarte, zusätzlich „Professionelle Inneneinrichtung und Design", eine Adresse und weitere Kontaktinformationen.

Mit der Karte mache ich die Adresse schnell ausfindig. Sie befindet sich nur wenige Gehminuten entfernt. Schnell ziehe ich mir etwas an und nehme auch die Sporttasche mit den Waffen und dem Notebook mit mir. Am Empfang frage ich nach einem Umschlag mit Briefmarke, den ich auch bekomme. Auf dem Umschlag schreibe ich, ohne hinzuschauen, meine Adresse in der Riemannstraße. Irgendwie muss ich alles was Verdacht erregt loswerden, verstecken, aber dennoch zugänglich haben, bis ich einen Plan habe. Da ich niemanden sonst in Gefahr bringen will, muss ich meine eigene Adresse verwenden.

Im zügigen Schritt mache ich mich jetzt auf den Weg zum Bahnhof Zoologischer Garten.

Dort angekommen, bitte ich mit geschlossenen Augen einen Obdachlosen, „entschuldigen Sie, können Sie mir einen Gefallen tun?"

Ich spüre einen Wind auf der Haut, der nicht von der Natur oder den umherfahrenden Autos kommt.

„Ja, aber sicher kann ick dit," ertönt eine dunkle und verrauchte männliche Stimme.

Ich fahre fort, „könnten Sie mir bitte für zehn Euro helfen und mich zu einem offenen Schließfach führen? Ich kann meine Augen nicht öffnen."

„Klar, dit mach ick doch jerne," antwortet er.

Er legt seinen Arm in meinen Arm und führt mich. Hin und wieder stoße ich irgendwo an, aber er führt mich sicher dorthin, wo ich hinmuss. Als er stoppt fühle ich mit meinen Händen nach vorne. Dort ist ein offenes Schließfach.

„Wo ist jetzt mein Geld?" Hakt er nach.

„Einen Moment noch," bitte ich ihn und verstaue die Tasche in dem Schließfach.

„Können Sie mir für weitere zehn Euro bitte helfen, das Schließfach zu verschließen?" Bitte ich ihn und hole eine Hand voll Kleingeld aus meiner Tasche.

Er hilft mir wieder, ohne zu antworten nimmt Kleingeld, steckt es ins Schließfach, schließt ab und gibt mir den Schlüssel.

„Danke," bedanke ich mich, „für weitere 10 Euro bringen Sie mich bitte zum Zoo Eingang. Wenn ich dort bin, verschwinden Sie bitte so schnell wie möglich."

Jetzt nehme ich die schon bereitgelegten 30 Euro aus meiner Tasche und halte sie ihm hin.

„Danke sehr, Sie haben meinen Tag gerettet," zeigt er seine Dankbarkeit und führt mich weiter, auch über eine befahrene Straße.

„Ick bin dann mal wech," verabschiedet er sich.

Ich warte noch einige Minuten, bevor ich mit noch immer verschlossenen Augen den Schließfach-Schlüssel in dem Umschlag verpacke. Den Umschlag verstaue ich jetzt in meiner Jackentasche.

Mit verschlossenen Augen zu laufen, war schon eine riesige Mutprobe, eine Vertrauensprobe. Die Person hätte mich irgendwo anders hinführen können, hätte mich überfallen können, aber sie hat es nicht. Nicht alles im Unbekannten ist also böse und schlecht.

Und diesen freundlichen Helfer habe ich zumindest nicht dadurch enttarnt, dass ich ihn angesehen habe. Ich fühle mich gut.

Aber Moment, im Bahnhofsbereich gibt es sicherlich auch Überwachungskameras. Was habe ich bloß getan? Wieso habe ich daran nicht gedacht? Habe ich schon wieder jemanden gefährdet? Und ist meine Tasche etwa nicht sicher? Aber was sollte ich sonst mit ihr machen?

Leicht bedrückt und nervös mache ich mich jetzt auf den Weg zu „Manfreds Innendesign". Vielleicht ist er ja in seinem Laden. Da ich ihn jetzt bereits enttarnt habe, muss ich ihn zumindest warnen, dass er sich in Sicherheit bringt. Er weiß noch gar nicht, in was für eine Gefahr ich ihn vermutlich gebracht habe.

Ich gehe dort zu Fuß hin und denke darüber nach, was ich machen kann. Was kann ich unternehmen?

Ich kann nicht aktiv gegen die Partei vorgehen. Die würden sofort Bescheid wissen. Auch kann ich das Land nicht verlassen, also nicht zu meiner Familie, ohne sie in Gefahr zu bringen. Ich traue mich noch nicht einmal, sie anzurufen. Was sollte ich erzählen? Ich will Lisa nicht beunruhigen. Wahrscheinlich würde sie schon bald herkommen, nein, das kann ich nicht riskieren. Auch wenn ich nicht viel über sie, über uns weiß, dennoch fühlte und fühle ich eine unglaublich enge Verbindung zu ihr. Sie muss in Sicherheit sein. Ich darf nichts unternehmen was sie gefährdet, auch wenn das heißt, dass ich sie nie wiedersehe.

Wie konnte ich bloß in diese Situation geraten? Ich weiß nicht, was ich tun soll. Niemandem kann ich vertrauen. Jede Person, mit der ich mich unterhalte, ist in direkter Gefahr. Alles was ich sehe und höre nehmen sie wahr.

Ein Gefühl der Verzweiflung wird immer größer in mir. Die Hoffnung schwindet. Ich spüre Angst, Angst nie wieder ein normales Leben führen zu können. Dies ist eine Angst, meine Lisa und Samantha nie wieder sehen zu können, mit dem ich mich über die Partei unterhalte zu gefährden. Ich bringe den Schatten, dass Böse über die Menschen in meinem Umfeld. Probleme und Gefahr werden von jetzt an meine ewigen Begleiter werden.

„Merkt ihr nicht, in was für einer Welt wir Leben?" Schreie ich laut hinaus auf die Straße. Einige Leute drehen sich zu mir um.

„Ja, schaut ruhig, aufgeschnitten wurde ich am Kopf, einen Chip haben sie mir implantiert, die linken Terroristen," setze ich mein Geschrei fort, „alles ist organisiert von der sozialistischen Partei. Sie verkaufen euch allen ihre Lügen und die die es durchschauen werden umgebracht oder instrumentalisiert. Alles was ich sehe oder höre, sieht und hört auch dieser Abschaum. Sie belügen euch alle und wenn ihr nicht nach ihrer Pfeife tanzt, seid ihr auch bald dran."

Ich laufe einige Schritte weiter, bin schon fast in Manfreds Laden. Noch einmal fühle ich mich einfach danach, zu schreien, Das Schreien hat etwas Befreiendes.

Also schreie ich einfach, „aah, öffnet eure Augen, nicht der Kapitalismus, sondern der Drang nach Macht und Dominanz der Sozialisten sind was euch vernichtet. Es wird euch alle vernichten. Keine Chance habt ihr! Ihr könnt euch verstecken, diese Terroristen werden euch finden. Lauft so lange ihr noch könnt. Lauft! Aah."

Jetzt stehe ich vor Manfreds Laden. Die Scheibe in der Tür ist zerschlagen. Alle anderen Schaufensterscheiben sind noch stark verrußt. Der Gestank von verbranntem Plastik, aber auch Holz, reicht noch bis vor die Tür in meine Nase. Dies ist also einer der Anschlagsorte gegen den Kapitalismus, der vom Berliner Senat einfach mal als Kollateralschaden abgetan wird. Zu groß ist der Einfluss der Sozialistischen Partei hier bereits seit Jahren. Traurig ist es, dass ihr Einfluss mit Unterstützung aus anderen Ländern, basierend auf Lügen und einer rot, wie in Blut getränkten Ideologie, immer weiterwächst. Es verbreitet sich wie ein sozialistisches Krebsgeschwür, das die Gesellschaft langsam und qualvoll umbringt Erst die rote Revolution, dann Hunger, Armut und Krankheit.

Ich betrete den Laden durch die zerschlagene Tür. Der Gestank wird hier drinnen noch schlimmer. Verschmorte Plastikgegenstände und zumeist abgebrannte Reste von Holzmöbeln stehen hier herum. Die Wände sind alle schwarz durch den Ruß. Auch im

Hinterzimmer und dem Waschzimmer sind die Folgen des Anschlags unübersehbar. Manfred ist nicht hier. Ich hoffe, ihm ist nichts passiert.

„Manfred," rufe ich, vielleicht hört er mich ja, „Manfred, sie sind auch hinter dir her. Laufen musst du, laufen so weit wie möglich. Diese Terroristen wollen nicht nur den Kapitalismus, sondern auch jeden der den Kapitalismus versteht umbringen. Jeder der die Ökonomie versteht ist eine Gefahr für das System. Sie wollen den ökonomischen Analphabetismus sähen. Sie wollen unsere so wunderbare und zumeist freie Gesellschaft zerstören, die Politiker und GegenKa. Aah, Manfred, hörst du mich? Wir sind hier nicht mehr sicher. Niemand ist hier sicher."

An der Straße erkenne ich Passanten passieren. Manche schauen auch zu mir rein oder bleiben sogar stehen.

„Nicht gucken sollt ihr, laufen müsst ihr, bringt euch in Sicherheit solange ihr noch könnt. Schon bald wird ein blutrotes sozialistisches Regime auch euch jagen, wenn ihr deren Glauben nicht teilt. Mich hat es schon getroffen. Ich bin eine Gefahr für jeden um mich herum. Alles was ich sehe und höre, hören auch die. Die haben mir einen Chip eingepflanzt und meine Erinnerung ausgelöscht. Nichts weiß ich mehr, außer dass die Böse sind und euch alle belügen. Nehmt euch in Acht vor dem linken Gesindel, diesen Terroristen. Jetzt, wenn ich euch sehe, seid ihr auch in Gefahr, also lauft, ihr wisst jetzt zu viel. Lauft so schnell und weit ihr könnt! Lauft!"

In der Ecke des Raumes sehe ich eine noch fast volle Flasche mit Whisky. Es sieht so aus, als wollte sich Manfred hier betrinken, die Lösung im Alkohol finden. Aber vielleicht funktioniert das ja auch bei mir. Ich gehe zur Flasche und bringe sie zurück an meinen Platz.

Hier sitze ich im Schneidersitz und trinke den Whisky, pur und warm, wie er am wenigsten schmeckt. Am Anfang ist es noch echt ekelig, aber schon bald ist mir das auch egal.

Draußen nehme ich wahr, wie hin und wieder Leute hereinschauen.

Ich rufe schon etwas betrunken hinaus, „ihr braucht gar nicht so doof zu gucken und zu lachen. Das Lachen wird euch auch noch vergehen. Die Sozialisten kommen für euch. Wer hat Angst vorm roten Mann? Niemand? Solltet ihr aber. Sie werden euch alle verfolgen und foltern, bis ihr ihrem Glauben, ihrer blutigen Ideologie folgt, oder wenn ihr gegen sie vorgeht, werden sie euch umbringen. Sie sagen, sie wären nicht mehr wie zu Zeiten der DDR. In Wirklichkeit sind sie noch schlimmer und unberechenbarer. Sozialismus 4.0 sozusagen. Die GegenKa ist die neue Stasi. In Frankfurt (Oder) haben sie ein neues Folterlager Hohenschönhausen, oder hatten, das ist ja explodiert, boom, mit allen meinen Freunden drinnen. Lauft solange ihr noch könnt. Schon bald kommt der Onkel

Genosse auch für euch. Er wird euch holen, also lauft. Ihr seid alle Klassenfeinde, wie Kakerlaken für die roten Genossen. Für die seid ihr alle krank. Lauft schnell, lauft weg, lauft so schnell und weit euch eure Beine tragen. Lauft!"

Diese Hoffnungslosigkeit, Verzweiflung und Angst zerfressen meinen Körper. Der Alkohol macht es nur noch schlimmer. Ich lege mich einfach auf den Boden und Schreie, „aah," für einige Minuten.

Auf einmal betreten zwei Männer in Schwarz mit gelben Streifen den Raum. Ich erkenne sie nur in den Augenwinkeln und schreie einfach weiter, fühle mich zudem benebelt.

„Haben Sie Schmerzen?" Fragt einer. Ich schreie nur.

Der andere kniet sich neben mir nieder. legt seine in Handschuhen eingetauchte Hand auf meine Schulter, und fragt, „ist alles in Ordnung?"

Ich schrecke bei Berührung zurück und rufe, „ihr gehört zu denen. Ihr seid auch Mitglieder dieser roten sozialistischen Terroristen. Wollt ihr mich jetzt auch umbringen oder einsperren? Reicht es nicht, dass ihr mein Leben zerstört habt?"

„Sind sie in Ordnung? Was haben Sie?" fragt einer der beiden nach.

„Was soll los sein?" Frage ich nach, „ich war in Ordnung, bis mir die Sozialisten einen Chip implantiert haben, hier in den Kopf. Ihr seht die Wunde noch.

Jetzt sehen und hören sie alles was ich sehe und höre. All meine Erinnerungen haben sie gelöscht, alles, aber das wisst ihr doch, ihr gehört doch zu denen. Lasst mich in Ruhe. Verschwindet aus meinem Leben. Lasst mich in Ruhe. Ich will euch nicht und lasst meine Familie in Frieden. Die haben euch nichts getan. Ich will einfach nur Frieden und alleine sein."

Einer der beiden geht raus und spricht etwas in sein Funkgerät. Ich sitze zusammengekauert in einer Ecke, als der eine von draußen plötzlich wieder hineinkommt. Er versteckt etwas hinter seinem Rücken.

„Wie heißen Sie?" Fragt er ganz ruhig nach.

„Das wissen Sie doch," schreie ich ihn an.

„Ganz ruhig," antwortet er, „was halten Sie davon, wenn wir Sie in Sicherheit bringen? Wir sind auf Ihrer Seite."

„In Sicherheit?" Hake ich nach, „wo soll das denn bitte sein? Ihr linkes Gesindel seid doch überall."

Er kommt näher und versucht, mir seine Hand auf die Schulter zu legen. Ich zucke zusammen, als der andere eingreift und mich fest gegen die Wand presst. Der erste Feuerwehrmann spritzt mir etwas in den Arm. Schon bald verliere ich das Bewusstsein.

Den nächsten Augenaufschlag erlebe ich sitzend in einem Wagen, wahrscheinlich einem Krankenwagen. Meine Arme und Beine sind festgebunden. Ich kann diese kaum bewegen. Von oben ertönt eine schrille Sirene. Hinter mir müsste der Fahrer sitzen. Vor mir sitzt ein anderer Sanitäter.

„Wohin bringen Sie mich? Ins GegenKa Lager? Soll ich dort gefoltert werden?" Frage ich aggressiv nach.

„Nein, wir bringen Sie in Sicherheit," antwortet der Sanitäter in ruhiger Stimme.

„In Sicherheit, dass ich nicht lache," antworte ich laut, während ich versuche, mich zu befreien, „sie stecken doch mit denen unter einer Decke. Für Sie bin ich doch nur ein Klassenfeind. Ja, ich habe alles mitbekommen, Ihre Kollegen haben mir einen Chip eingepflanzt und sehen und hören alles was ich sehe und höre. So habt ihr mich doch auch gefunden. Erzählen Sie doch kein Müll."

„Psst, beruhigen Sie sich doch," bittet mich der Sanitäter mit aller Ruhe.

„Beruhigen?" Erwidere ich aufgebracht, „nur damit Sie sich nicht so schlecht fühlen wegen dem was Sie mit mir machen? Sie sind echt witzig."

In diesem Moment verabreicht mir der Sanitäter eine weitere Spritze und ich schlafe ein.

Vorsichtig öffne ich meine Augen. Mein Kopf fühlt sich benommen an. Von links oben strahlt mich die Sonne an, durch ein Fenster, schmal und ganz oben an der Wand.

Ich befinde mich auf einer Liege, bin wieder gefesselt. Der Raum ist weiß. Die Wände sehen aus, als wären Sie mit Polstern bedeckt. Ansonsten ist der Raum steril.

„Hallo," rufe ich, „wo bin ich hier?"

Keine Antwort ertönt. Für einige Zeit versuche ich, mich aus meinen Hand- und Fußfesseln zu befreien, aber ohne Erfolg. Irgendwann fangen meine Hand- und Fußgelenke an zu schmerzen, aber ich höre nicht auf. Ein Zeitgefühl habe ich hier nicht, nur den Drang, mich zu befreien, was auch immer ich dann machen werde.

Irgendwann betreten Personen in weißen Kitteln den Raum.

„Wer sind Sie?" Frage ich nach, „sind Sie auch Mitglied der Partei? Was machen Sie mit mir? Wo bin ich?"

Gesprächig sind meine Gäste nicht. Sie drücken lediglich meinen Kopf ins Kissen und leuchten mir in die Augen. Sind das wohlmöglich echte Ärzte und ich bin paranoid geworden?

Nein, das kann nicht sein. Die Partei ist überall. Sie haben meine Freunde getötet und meine Familie bedroht. Wahrscheinlich haben sie auch bereits Manfred und den netten Obdachlosen eingesperrt oder schlimmeres.

„Warum bringen Sie mich nicht einfach um? Dann wäre ich zumindest durch mit dem Chaos oder bin ich ein zu großes Investment für die Partei?" Denke ich laut vor mir hin.

Eine der Personen verlässt den Raum kurz und holt einen Becher.

„Ist das was zu trinken?" Frage ich, „das wäre super. Ich habe echt großen Durst."

„Mund öffnen," fordert mich die Kittelträgerin auf, mit dem Becher in der Hand.

In der Vorfreude und Erwartung auf etwas zu trinken, öffne ich den Mund. Die Frau im Kittel hält mir den Becher an den Mund, aber alles was rauskommt sind nur Pillen. Ich spucke sie wieder aus.

Die Person holt einen weiteren Becher und fordert mich auf, „bitte den Mund öffnen und die Tabletten nicht ausspucken. Die Tabletten helfen Ihnen."

Ich halte meinen Mund geschlossen.

Sie wiederholt die Bitte, „bitte öffnen Sie den Mund."

Den Mund behalte ich geschlossen. Die Frau schaut ihren Kollegen an. Er nickt und fasst mich mit seinen Händen an. Mit einem Griff zwingt er mich, den Mund zu öffnen.

Sie stopft die Tabletten in meinen Mund und er presst meinen Mund zu.

„Schlucken Sie schon," fordert er mich auf.

Ich schlucke nicht.

„Ich habe Zeit," fährt er fort, „früher oder später werden Sie schon schlucken. Je früher, desto besser für Sie."

Doch ich halte meinen Wiederstand aufrecht, solange, bis ich so viel Spucke im Mund habe, dass ich schlucken muss. Ich hoffe nur, dass die Tabletten bereits genügend angegriffen sind, so dass es die Wirkstoffe nicht mehr dorthin schaffen, wo sie hinsollen.

„Danke, bis später" verabschieden sich die Kittelträger nach draußen.

Wo bin ich hier nur gelandet? Bin ich in einer Psychiatrie? Wie komme ich hier her? Hat mich die Partei einweisen lassen, um eine Gehirnwäsche zu verüben?

Wieso ist mein Leben bloß so instabil, so unglaublich wechselhaft. War es immer schon so? Ich glaube nicht, aber ich weiß es auch nicht. Was soll ich bloß machen?

Allmählich fühle ich mich immer mehr benebelt in meinem Kopf. Es fällt mir immer schwerer, meine Gedanken zu fokussieren, mich zu konzentrieren. Mein Kopf fühlt sich an, als würde mein Gehirn gegen die Kopfwände prallen. Bumm, bumm, bumm.

Das Fenster ganz oben an der Wand bewegt sich weiter nach oben Es wird auch ein wenig s-förmig. Die Lampe direkt über mir strahlt inzwischen buntes Licht aus. Kleine Kugeln, Pyramiden und andere Formen fallen langsam auf mich herab und in den Raum.

Sie könnten mich erdrücken, aber ich mache mir keine Sorgen.

Wieso sollte ich mir auch Sorgen machen? Ich meine, mir geht es gut soweit. Mir geht es einfach gut. Es ist alles toll.

So träume ich vor mir her und schlafe langsam ein. Ich träume von Einhörnern und Engeln, die sich um mich kümmern. Sie tragen mich hinaus, zeigen mir eine wunderbare Welt, eine Erde ohne Hass, Angst, Mistrauen, Gewalt und Krieg. Hier scheint alles friedvoll.

Sie fliegen mich in eine Welt in der jeder frei ist, sich um sein Leben zu kümmern, sich und seine Familie ernährt, aber auch mit anderen tauscht.

Sie erfinden Geld als Wertaufbewahrungsmittel, um es zu vereinfachen, an die Ware zu kommen, welche sie benötigen. Die meisten Güter an sich sind ja schließlich verderblich und niemand braucht für sich 20 Fische am Tag. So kann sich jeder ein Guthaben anarbeiten, um an anderen Tagen auch mal abzuschalten, oder sich vermehrt um seine Träume zu kümmern. Dies macht die Menschen glücklich. Das kann ich sehen. Es macht sie glücklich, weil sie auch wissen, wie es ist, jeden Tag Beeren zu sammeln und auf die Jagd gehen zu müssen, sich komplett um alles zu kümmern. Stattdessen haben sie eine Form der Arbeitsteilung entwickelt. Damals, als jeder noch alles gemacht hat, hatten sie nicht die Freizeit, nicht den

Luxus, auch ihrer Leidenschaft zu folgen. Außerdem gab es wesentlich weniger Innovation und Fortschritt.

Diese wundervollen Fabelwesen zeigen mir, wie jeder jeden respektiert und wertschätzt. Es gibt niemanden, der ihnen vorschreibt, was sie zu tun haben. Auch gibt es keinen Staat, der versucht, den Markt über unnütze Regeln komplett zu regulieren, auszubremsen und das Leben so zu relativieren. Wenn es jemandem nicht gut geht, springen Familie und Freunde ein. Sie unterstützen einander. Sie kümmern sich umeinander. Einen Sozialismus benötigt es dazu nicht.

Gesetze sind hier überhaupt nicht notwendig, da jeder für sich akzeptiert, nicht zu stehlen, nicht zu betrügen, nicht Gewalt auszuüben und nicht zu morden. Die Menschen können aufeinander vertrauen und darauf, dass sich der Markt von alleine reguliert. Sie leben nach ihren guten gleichwertigen und respektierenden Werten. Normen sind hier nicht benötigt.

Selbst wenn einzelne Personen mal Konflikte haben, so lösen sie diese mit Worten und Kompromissen. Sie greifen nicht zur Gewalt, weder verbaler noch physischer Gewalt. Konflikte werden mit Vernunft und Verstand gelöst. Manchmal unterstützen auch unparteiische Schlichter.

Die Menschen brauchen hierzu keinen Glauben, weil sie an den Erfolg des Guten glauben und daran, dass jeder Mensch sein Glück selbst in die Hand nehmen kann und muss. Sie erkennen das Gute zuerst und vertrauen den Mitmenschen, auch an das Gute zu glauben. Diese Menschen sehen zuerst Chancen in neuen Wegen und nicht das Risiko. Sie machen und lernen aus der Vergangenheit, um Fehler nicht zu wiederholen. Innovationen fokussieren auch auf den Erhalt des Zusammenlebens und der Umwelt, ganz ohne falsche Ideologien oder undurchdachte Entscheidungen von Politikern, die eh nicht vom Fach sind.

Die Menschen hier laufen nicht zehn Mal gegen die gleiche Wand, sondern wenden das Gelernte auch an. Hierzu benötigen sie keine Jahrhunderte alte Schrift, sondern einzig und allein ihre Vernunft und der Glaube an den Erfolg.

In dieser Welt will ich leben, will ich bleiben. Jeder akzeptiert mich wie ich bin. Jeder glaubt an das Mitgefühl, Empathie, an die Macht der Güte und Liebe. Jeder glaubt daran, dass es mit der Logik am besten vorangeht. Alle sehen sich Gegenseitig als gleichwertig an, ungeachtet der Rasse, Sexualität oder des Geschlechtes. Egal wer, alle versuchen, Empathie zu zeigen, sie zeigen eine Bereitschaft, sich in anderen Menschen, Pflanzen und Tieren einzufühlen. Sie leben im Einklang mit der Natur und berauben sie nicht um ihr Leben.

Jeder in dieser wunderbaren Welt glaubt auch an sich, seine Potentiale und seine Erfolge. Sie zeigen Ehrlichkeit und Integrität. Die Menschen in dieser Welt haben den Schlüssel für ein Zusammenleben aller Rassen, Lebewesen, Pflanzen und dem Leben schenkenden Planeten gefunden. Dies müssen sich die Schreiber alter Texte als Paradies vorgestellt haben, eine Idee, ein Ideal, welches von Generation zu Generation weitergegeben wurde, bis es auf Papier festgehalten und vergessen wurde, es auch zu leben.

Auf einmal verschwinden die Engel und Einhörner. Ich stehe am Boden und dunkle Wolken ziehen auf. Was passiert hier?

Wie in einem Traum kann ich immer noch fliegen. Ich kann die Welt von oben betrachten. Ich kann sehen, wie sich die Welt verändert. Links und rechts ziehen Blitze an mir vorbei.

Auf einmal jagen die Menschen viel mehr Tiere als sie benötigen. Die Gier nach Geld und Macht lässt sie das wunderbare Gleichgewicht der Erde zerstören. Die Menschen entwickeln Kriminalität, suchen Lösungen in physischer Gewalt, an Stelle von Logik und Worten. Sie verstehen sich immer weniger. Die Menschheit entwickelt Fremdenhass, basierend auf Angst durch die wachsende Kriminalität und die Angst vor dem Fremden, das Unwissen. Je mehr Angst auftritt, desto mehr Fremdenhass und Abschottung entwickeln sich. Es gibt immer neue und weitere Gruppierungen, die sich abgrenzen von anderen, nur weil sie anders aussehen, anders lieben oder anders sind. Sie entwickeln eine Angst vor dem Unbekannten. Sie glauben nicht mehr an das Gute, an die Chance, anstelle des Risikos. Sie sehen Probleme und keine Herausforderungen.

Einige weise Menschen sehnen sich nach alten Zeiten und suchen nach Lösungen. Sie erschaffen Religionen, um anderen einen Sinn im Leben zu ermöglichen. Mit weisen Texten wollen sie es erreichen, die Menschheit wieder in den Griff zu bekommen. Ein höheres Wesen soll Regeln aufstellen, Regeln wie liebe den nächsten wie dich selbst, du sollst nicht stehlen oder du sollst nicht morden. Auf wen sollten sie hören, wenn nicht auf ein höheres Wesen, einem Erschaffer? Sie beschreiben eine komplette Geschichte drum herum, um diese Werte an folgende Generationen weiterzugeben und das Böse im Keim zu ersticken.

Leider klappt dies aber nicht zu 100%. So bilden sich Institutionen um diese Religionen, die wiederum von Menschen gesteuert werden. Auch diese wohlgemeinten Geschichten und Grundsätze werden von bald von der menschlichen Macht und Habgier, sowie dem Drang nach Dominanz und Unterdrückung Anderer unterlaufen, quasi vergiftet. Reine Wasser sind plötzlich trüb, teilweise ungenießbar.

Parallel werden auch andere Konstrukte gebildet, Regierungen die Gesetze erlassen. Es wird die Gewaltenteilung eingeführt, um die Gefahr von Machtmissbrauch zu verhindern. Drei unterschiedliche Einheiten erfüllen je eine Funktion: Entwicklung von Gesetzen, Kontrollieren der Einhaltung von Gesetzen und das Sprechen von Recht.

Es entwickeln sich mehr und mehr Gesetze. In manchen Ländern kontrolliert der Staat sogar alles und jeden. Er will jeden als gleichgestellt ansehen und teilt Arbeitsplätze und Nahrung zentral zu. Auf Grund der aufkommenden Gewalt wurde so alles reguliert und parallel die Freiheit jedes einzelnen geraubt, bildlich enthauptet. Ist der Staat somit nicht zur höchsten Instanz der Kriminalität geworden?

In anderen Ländern dominiert ein autoritärer Strang, um alles unter Kontrolle zu halten. Mit Gewalt wird bestraft und nur die Monarchen verdienen am Ende, versprechen im Gegenzug interne Sicherheit, Sicherheit vor anderen Ländern, Räubern und vor sich selbst. Diese Monarchie erlassen die Gesetze und Erlasse, die sie benötigen.

Erst spät scheint sich die Lage etwas zu beruhigen, scheint die Freiheit jedes Einzelnen wieder mehr an Bedeutung zu gewinnen.

Ich wache auf, öffne meine Augen und denke über das Geträumte nach. Könnte dies die Entwicklung der Geschichte der Menschheit gewesen sein? Führt der Selbstschutz, zum zwanghaften Willen, jede Person als gleich, mit gleichen Potentialen anzusehen? Führt der Selbstschutz des Sozialismus dazu, dass das schützende Organ in sich selbst kriminell wird? Sorgt der Wille, die Sucht nach mehr und mehr Macht dafür, dass ein im Grunde nicht schlechter Gedanke keine Chance hat? Hat solch ein System keine Chance, weil jeder Mensch ganz einfach anders ist, mehr will, Fortschritt will und dies nicht zentral gesteuert werden kann? Liegt die Lösung nicht vielmehr dazwischen, in einem Zwischenraum zwischen Freiheiten und Beschränkungen? Sollte Fortschritt nicht besser zielgerichtet gesteuert als von Grund auf beschränkt werden?

Je mehr Regeln es gibt, je mehr der Staat die Wirtschaft und die Bevölkerung steuern will, desto weniger Freiheit hat jeder Einzelne. und desto weniger Freiheit hat auch die Wirtschaft. Der Grundgedanke dahinter ist, die Kriminalität einzuschränken, aber funktioniert das je nach System unterschiedlich gut. Macht- und Dominanzgier einzelner Menschen steigt diesen immer wieder zu Kopfe.

Der Sozialismus hat bisher jede Wirtschaft und in Folge dessen auch die Verfügbarkeit der Güter und die Lebensqualität der Bevölkerung in die Knie gezwungen. Leider gibt es immer wieder Idealisten, die glauben, es besser machen zu können, auf Kosten ganzer Staaten wie Venezuela oder Nordkorea. Man muss den Menschen, dem Markt auch Freiheiten geben, um glücklich zu sein, um Fortschritt zu erreichen und um den Wohlstand einer Gesellschaft grundsätzlich zu fördern.

Wow, verrückt, was diese Drogen mit mir gemacht haben. Eigentlich sollten sie mich einschränken, aber irgendwie habe ich das Gefühl, dass sie mich weiser machen. Ich erinnere mich daran, wofür ich kämpfe, nämlich für die Freiheit, die Selbstbestimmung und die Selbstentfaltung eines jeden. Nicht jeder Mensch hat schließlich die gleichen Talente, weshalb es wichtig ist, dass sich jeder Mensch selbst entfalten kann.

Doof nur, dass ich mich nicht an meine Talente erinnere. Was macht mir Spaß? Worin bin ich gut?

Unerwartet entspannt döse ich weiter vor mir hin.

Nach einiger Zeit betreten die zwei Kittelträger wieder den Raum. Ich werde vom Öffnen des Schlosses der Tür wach.

„Hey ihr zwei, lasst mich raus, ich muss die Welt retten, auch euch. Ich habe eine Mission für die Freiheit. Lasst mich raus oder gehört ihr auch zu den Gegnern?" Rufe ich den beiden entgegen.

Der Mann bleibt stehen, die Frau geht wieder raus. Sie kommt mit einem Infusionsständer wieder zurück.

„Wir müssen Ihnen Flüssigkeit zuführen," erklärt sie mir, „bitte wehren Sie sich nicht. Keine Angst, wir sind für Sie da."

Ich versuche aber, mich zu wehren. Schließlich sehe ich klar und muss das Land, vielleicht sogar die Welt retten. Ich bin ein Freiheitskämpfer.

Der Mann hält meinen Arm fest. Die Frau legt mir einen Zugang mit Dreiwegehahn und lässt verschiedene Substanzen in meine Venen laufen. Zunächst fühle ich mich noch normal. Bald wird mir aber übel, kurz bevor ich wieder einschlafe.

Anhang

Personen

Folgende Personen sind wichtiger Bestandteil der Geschichte.

Name	Funktion	Position
Dr. Winkler	Anfängliches Feindbild	Arzt, Mitglied sozialistische Partei
Francois	Vertrauensperson, Team-Mitglied	Verdeckter Ermittler Europol
Frau Müller	Anfängliches Feindbild	Krankenpflegerin, Mitglied sozialistische Partei
Giovanni	Vertrauensperson, Team-Mitglied	Verdeckter Ermittler Europol
Hartmann	Vermeintliches Parteimitglied	Kommissar in Berlin Köpenick
Lisa Pfeiffer	Ehefrau von Michael	Krankenschwester
Manfred Schulz	Verlorene Existenz, verbündeter in Verzweiflung	Unternehmer, Innenausstattung
Markus	Vertrauensperson, Team-Mitglied	Verdeckter Ermittler Europol
Meier	Vermeintliches Parteimitglied	Streifenpolizist Berlin Köpenick
Michael Pfeiffer (Israeli Pass: Simon Farhi)	Ich-Erzähler, Protagonist	Ursprünglich BFV-Agent kooperiert mit Europol
Mustafa		Friseur in Berlin

Agent Pfeiffer und die Klassenfeinde

Name	Funktion	Position
Petro-vski	Vermeintliches Parteimitglied	Streifenpolizist Berlin Köpenick
Sa-mantha Pfeiffer	Tochter von Michael und Lisa	
Sanchez	Vermeintliches Parteimitglied	Kommissarin in Berlin Köpenick
Sophie van der Meer (Lehmann)	Retterin aus der Not	Verdeckte Ermittlerin Europol
Thomas	Vertrauensperson, Team-Mitglied	Verdeckter Ermittler Europol
Victor	Vertrauensperson, Team-Mitglied	Verdeckter Ermittler Europol
Vitali	Vertrauensperson, Team-Mitglied	Verdeckter Ermittler Europol

Anhang

Über den Autor

Simon Sprock ist ein ambitionierter freiberuflicher Unternehmensberater, Krebsbesieger und leidenschaftlicher Autor. Über viele Jahre trainiert er seine Fähigkeiten in den Bereichen Finanzen & Controlling, Strategie sowie dem Schreiben entwickelt. Im Oktober 2018 wurde sein autobiographischer Roman „#Krebspatient" vom Verlag tredition zum Buch des Monats gekürt.

Simon liebt es, Geschichten zu erzählen, mit denen er über Emotionen und Inspiration Tugenden wie Positivismus und Motivation verbreiten kann. Sein Ziel ist es, ein Licht in den Köpfen seiner Leser zu entflammen, sie zu inspirieren und zu neuen Kräften zu motivieren.

Nach jahrelanger Arbeit in der Berliner Startup-Szene, findet er sich plötzlich in einem Kampf gegen den Krebs wieder. Am Anfang war dies ein schwerer Schlag mit schlechten Prognosen, aber mit dem Glauben an sich und dem Können der Ärzte hat er es geschafft. Seitdem nimmt er sein Leben noch mehr selbst in die Hand und realisiert zunehmend seine Träume.

Neben dem Schreiben und der Unternehmensberatung entwickelt Simon unter „Sprock Ventures" auch Projekte wie simonsprock.com, coachiendo.com und falamoda.com.

(Berlin, 19.01.2020, für Updates schaue auch auf http://www.simonsprock.com)

Weitere Werke von Simon Sprock:

Bereits erschienen:
- > "Stop drifting, be alive" (2017), Abenteuer
- > „Europa, auferstanden aus Ruinen" (2017), Science-Fiction
- > „Lass uns Weihnachten retten" (2017), Kinderbuch
- > „#Krebspatient" (Neuauflage 2020), Ratgeber und Erfahrungsbericht
- - Bücher aus der Reihe „Rote Fahnen im Wind":
- > Buch 2: „Agent Pfeiffer als goldener Reiter" (Neuauflage 2020)
- > Buch 3: „Schmitts Intermezzo" (2020)
- > Buch 4: „Schmitt und Team gegen das Regime" (2020)

Weitere Werke, sowie auch Sachbücher sind aktuell in Bearbeitung.

Zeitfracht Medien GmbH
Ferdinand-Jühlke-Straße 7
99095 Erfurt, Deutschland
produktsicherheit@kolibri360.de